도법 스님의 삶의 혁명

지금
당장,

도법 스님의 삶의 혁명

지금
당장,

다산
초당

지금 당장,
함께하자고 청합니다

대단히 부끄럽고 고통스럽고 죄송스럽습니다. 우주가 창조해낸 가장 위대한 작품이 생명이라고 배웠습니다. 생명의 무게는 우주의 무게와 같다고 들었습니다. 이것은 우리 모두가 인정하는 진리이며 진실입니다. 생명은 자존심과 명예, 권력과 재산 그리고 진보와 보수, 자본가와 노동자의 입장 등 그 어떤 것보다도 더 우선적이고 중요한 것이라고 우리는 잘 알고 있습니다.

세상이 아우성입니다. 너도 나도 힘들고 아프고 고통스럽다고, 위로와 치유가 필요하다고 갈망하고 있습니다. 고통스럽다는 절규가 우리를 더욱 더 큰 아픔과 암흑 속으로 몰고가는 듯합니다. 위안과 치유에 대한 갈망이 커지는 만큼 수많은 처방전이 이른바 수많은 '국민멘토들'에 의해 제시되고 있습니다. 세상 사람들은 명약이라고 주장하고 내놓은 것들을 찾아 여기저기 정처없이 유랑하는 듯합니다. 안타까운 마음을 가눌 길 없습니다.

직시하고 직면해야 합니다. 정직하게 보면 우리 자신의 변화, 우리 자신의 삶을 혁명하지 않고는 그 무엇도 명약이 될 수 없다는 진리는 우리 모두가 알고 있습니다. 정직하게 우리들의 어리석음, 겁 많음, 게으름, 나약함, 이해타산, 무력함 나아가 누군가가 나서서 잘 해결하겠지 하는 마음을 핑계로 오늘까지 온 것은 아닌지 정면으로 자기 자신과 마주해야 합니다. 위로와 치유의 설탕을 찾아 여기저기 기웃거리고 유랑하고 몰려다닐 것이 아닙니다. 자기 스스로 세상에서 필요하다고 하는 그 명약으로 탈바꿈되어야 합니다. 직시하고 직면하여, 인간이라는 존재만이 할 수 있는 가장 큰 용기를 내야, 비로소 고통을 해결할 수 있습니다.

저 스스로도 실로 부끄럽고 죄송합니다. 그동안 무력한 좌절감에 시달리며 모색하고 모색한 끝에 엎드려 호소하고 엎드려 기도 하는 것은 할 수 있겠다는 마음이었습니다. 그러나 이제 난마와 같이 얽힌 분열과 괴로움에 대해 그것을 해결하는 길에 대해 이렇게 제안하고 진실하게 대화하려 합니다.

실상을 알고 보면 너와 나, 이쪽과 저쪽, 우리 모두가 자신과 가족을 사랑하고 나라를 아끼는 이웃입니다. 그리고 동반자입니다. 배우고 익히고 가르치고 주장하는 대로, 그 무엇보다도 사람 목숨이 제일이라는 만고의 진리를 화두로 붙잡고 서로 머리를 맞댄다면 세상의 어떤 문제든 해결하지 못할 까닭이 없다고 봅니다.

분명한 것은 우리 모두가 좋은 이웃으로 좋은 동반자로 머리를 맞대어 직면한 오늘의 문제를 수준 높게 풀어낼 때, 우리 자신과 우리 사회도 한 단계 성숙하게 된다는 사실입니다. 그때서야 우리 사회의 희망으로 강조되는 선진사회로 성큼 나아가는 것도 비로소 가능해질 것입니다. 우리 모두는 반드시 그 길을 가야 합니다.

　우주가 창조해낸 위대한 작품, 우주의 무게를 갖고 있는 인간이라는 생명들이 스스로 소중한 목숨을 걸며 살고 있고, 스스로 죽음을 선택하고 있습니다. 그리고 한없는 우울에 빠져 길을 잃고 좌절하고 있습니다. 하나의 소중한 생명이 그 하나뿐인 생명을 버리는 선택을 하지 않고 평화를 얻을 수 있는 길이 있다면 지극정성으로 그 길을 가겠다는 다짐을 합니다.

　이를 실현하는 길이라면 출가수행자로서, 종교인으로서 불교와 조계종단에 그리고 교회 앞에서 엎드려 절해야 한다면 절하겠습니다. 기업가들에게 무릎 꿇고 빌라면 빌겠습니다. 청와대에 가서 읍소하라면 읍소하겠습니다. 길이 있다면 어느 길이든 가겠습니다. 진보언론이든 보수언론이든 생명의 평화를 위한 길에 지도

력을 발휘할 수 있기를 바라며 간곡히 절을 올리겠습니다.

　우리 모두 이 길을 함께 가자고 청합니다. 우리 아이들, 우리 친구들, 우리 이웃들, 부모님, 선생님, 어른들에게 생명의 존엄성에 대해 배우고 익힌 지식이 틀리지 않음을 이 책을 읽는 독자 여러분께서 증명해 보이시기를 간곡히 청합니다.

　책을 읽다보면 때로는 불편하게 느껴지는 대목도 있고, 시시껄 렁하고 상식적인 얘기를 반복하는구나 하는 생각이 들기도 할 것입니다. 우리들 가슴속 깊은 곳에 있는 양심의 울림이 우리를 불편하게 하기도 할 것입니다. 출가한 몸으로 평생을 살아온 어눌한 승려가 하는 이야기라서 별 신통치 않은 이야기에 불과한 것으로 여겨질 수도 있습니다.

　하지만 이제 우리가 책, 신문, 방송에서 생명의 고귀함을 보고 듣고 배우게 된 지식들이 참말임을 믿을 수 있도록 행동해야 한다는 간절한 마음이 전해질 수 있다면, 더 이상 무엇을 바라겠습니까. 우리의 삶과 존재의 진정한 의미와 가치에 대해 생각해볼 수 있는 기회가 된다면, 그 자체로 얼마나 귀중한 일입니까.

단 하나뿐인 귀중한 생명을 가벼이 팽개쳐두지 않고, 우주를 이루는 그물코와 같이 우리 한 생명 한 생명의 관계가 그대로 우주를 이룬다는 생각의 전환, 삶의 혁명이 이루어진다면 그보다 더 훌륭한 인연이 어디 있겠습니까. 부디 평화롭고 행복하십시오.

2013년 1월

도법

1부

지금 당장,
내려놓기

어른들은 자주 이런 말을 합니다.

"지금은 열심히 공부하고 나중에 대학 가서 신나게 놀아라."

아이들이 좀 놀고 싶다고, 여행을 가고 싶다고, 취미생활을 하고 싶다고 투정을 부려도 이를 받아주는 부모는 거의 없습니다. 아이들은 체념하고 밤낮없이 공부해서 대학에 진학합니다. 그리고 자신들이 어른들에게 속았다는 것을 뒤늦게 깨닫습니다.

대학에 입학했는데 변한 게 없기 때문입니다. 제대로 놀지 못하고, 여행 가방을 꾸릴 새도 없습니다. 그저 취업 준비를 하느라 청춘을 의자에 앉아 흘려보낼 뿐입니다. 이제는 졸업을 하고 취업만 하면 고생도 끝날 것이라고 생각합니다. 그런데 이상합니다. 그렇게 참고 또 참아서 사회에 나와, 어느덧 어른이 된 아이들은 이제 스스로를 다독입니다.

"지금은 힘들어도 참고 열심히 돈 벌어서 나중에 부자가 되면 인생이 행복해질 거야."

우리는 끊임없이 다음을 위해 오늘을 희생시키면서 조금씩 때를 놓쳐갑니다. 막연하게 다음을 기다리다가 우리는 사랑을 놓치기도 하고, 영원히 꿈을 잃기도 합니다.

불교 수행자들에게서도 가끔 이런 모습을 발견하게 됩니다.

"지금은 힘들지만 참고 견디면서 오랫동안 수행을 하면 먼 훗날 깨닫게 된다. 그런 다음에야 완성자인 붓다로 살고 역할을 할 수 있다. 그렇게 해야 옳고 바람직하다. 만일 그렇게 하지 않고 깨닫지 못한 상태에서 무엇을 할 경우, 그것이 아무리 옳고 좋은 것이라 하더라도 결코 참되고 바람직하지 않다."

역시 지금 여기 오늘이 아니라 먼 훗날을 위해 오늘의 삶을 희생시키는 사고방식입니다. 나는 이런 사고가 오늘날 한국 사회를 잘못된 방향으로 끌고 가는 헛된 생각 중에 하나라고 생각합니다. 불교에서는 이러한 사고를 전도몽상(顚倒夢想)이라고 합니다. 구체적인 실재를 거꾸로 뒤집어놓은 헛된 생각들인 것입니다. 자신이 직면하고 있는 현실을 바로 보지 않고, 진실을 있는 그대로 받아들이려 하지 않는 관념이 우리 사회를 지배하고 있습니다.

무엇인가를 이루고 얻어야 다음 단계로 나아갈 수 있다는 생각은 뒤집힌 생각입니다. 이를 증명하는 방법은 의외로 간단합니다. 완성자인 깨달은 사람이 어떻게 살았는지 잘 살펴보면 됩니다. 과연 깨달은 사람은 특별히 우리가 생각하는 것처럼 완벽하고 신비한 삶을 살았을까요? 깨달은 사람은 아프지도 않고 실수도 하지 않으며, 비난도 당하지 않고 살아갔을까요? 매우 구체적이고 사실적인 물음으로 깨달은 사람이 우리가 살아가는 이 세상에서 어떤 존재였는지, 어떤 삶을 살았는지 살펴봐야 합니다.

붓다를 깊은 산 속 사찰의 금박 입힌 문화재, 그러니까 물 좋고 경치 좋은 심심산천 대웅전 안에 가부좌 틀고 앉아 있는 '보물 몇 호'의 모습으로 보기 시작하면, 깨달은 사람에 대한 우리의 인식은 뒤틀립니다. 더불어 우리의 삶과 믿음, 수행생활 또한 심하게 왜곡됩니다.

붓다는 누구보다도 인간적인 삶을 살았습니다. 경전은 인간적인 면모의 붓다에 대해 많은 이야기를 하고 있습니다. 그중에 붓다의 아홉 가지 괴로움이란 게 있습니다. 붓다가 현실 세상에 있을 때 받은 아홉 가지 고난을 일컫습니다. 몇 가지만 짚어보겠습니다.

붓다는 가난한 집과 부잣집을 가리지 않고 차례대로 걸식을 했습니다. 그 과정에서 당황스러운 일을 당하기도 합니다. 경전에 '걸식하다가 나무에 다리를 찔렸다'고 기록되어 있고, 아기달다(阿耆達多)라는 바라문에게 소나 말이 먹는 여물인 마맥(馬麥)을 받았다고 적혀 있기도 합니다. 바라문이라면 인도의 사성계급 중 최고의 계급인 힌두교 성직자인데 붓다는 그들에게조차 조롱을 받은 것입니다.

어느 바라문 마을에서는 밥 한 숟가락도 얻지 못해서 빈 발우로 돌아온 적도 있습니다. 이런 붓다를 보면서 사람들은 손가락질을 하고 비웃습니다. 이처럼 초기불교 경전에는 인간적인 붓다의 모습이 많이 전해져옵니다. 그런데 훗날 대승불교인들에 의해 쓰인 경전에서는 신격화된 붓다의 모습이 나타납니다. 같은 불교이지만 초기 경전과 대승불교 경전은 차이점이 있습니다. 대표적인 차이점 하나를 든다면 대승불교 경전 중 대표적 경전이라 할 수 있는 『화엄경』이나 『법화경』에서는 인간적인 붓다의 모습을 거의 찾아볼 수 없습니다. 초기 경전에는 붓다의 사상과 붓다의 인간적·역사적 실재가 있는 반면 대승 경전엔 붓다의 인간적인 모습은 거의 없고 주로 사상과 정신이 주제별로 체계 있게 잘 정리되어 있습니다. 이런 대승 경전에 등장하는 붓다는 그야말로 완성자, 신과 같은 완벽자이기 때문에 슬픔도 고통도 없는 사람으로, 온갖 기적을 부리는 신과 같은 인물로 묘사가 됩니다. 그러나 역사적 붓다의 일생을 살펴보면 평범한 사람과 같이 인간적으로 사회적으로 여러 형태의 어려움을 겪습니다.

붓다는 시자(侍者)인 아난다에게 인간의 실존에 대해 사실적인 말씀을 합니다.

"아난다. 젊은 사람은 늙기 마련이고, 건강한 사람은 병들기 마련이고, 살아 있는 사람은 죽기 마련이다. 내 얼굴은 더 이상 예전처럼 맑지 않고 빛나지 않는다. 나의 사지는 주름지고 물렁해졌고 등은 굽고 감각기관의 둔화가 눈에 보인다."

"아난다야, 나는 이제 늙어 삶의 마지막 단계에 이르렀다. 내 나이 지금 여든이 되었구나. 마치 낡은 수레를 가죽 끈으로 묶어 유지하듯이 여래의 몸도 그와 같구나."

얼마나 사실적입니까. 내 몸뚱이도 낡은 수레처럼 근근이 유지되고 있다. 제자인 아난다에게 걷는 게 너무 힘들다 쉬어가게 해달라고 부탁을 합니다. 늙은 몸이 부실하고 기력이 빠지는 건 당연한 일입니다. 늙는다는 건 부끄러운 일이 아니라 자연스러운 일입니다. 그러기에 붓다는 늙음의 고통 속에서도 담담하게 "젊은 사람은 늙기 마련이고, 건강한 사람은 병들기 마련이고, 살아 있는 사람은 죽기 마련이다"라는 진리를 제자에게 거듭 깨우친 것입니다.

붓다는 전지전능한 신이 아닙니다. 역사적으로 보면 붓다는 고통을 받으며 비참한 일생을 살았습니다. 그럼에도 붓다는 슬퍼하지 않고, 두려워하지 않고, 원망하지 않으며 평화롭게 살았습니다.

이러한 삶을 깨달음 또는 달관(達觀)이라고 합니다. 인생의 실상을 사실대로 보고, 알고, 인정하고, 받아들이는 달관의 삶이 지금 우리에게 필요합니다. 그것은 우리가 지금 살고 있는 이곳을 떠나 어디 특별하고 한적한 곳에 가서야 가능한 게 아닙니다. 무엇인가를 특별하게 이루고 나서야 도달할 수 있는 것도 아닙니다. 어느 자리에서든, 어떤 상황에서든 자연스럽게 삶을 달관할 수 있어야 합니다. 달관자적인 삶의 자세는 어려운 게 아닙니다. 있는 그대로의 실상을 직시할 수 있는 안목을 갖는다면 누구나 가능한 소박한 진리입니다.

『화엄경』의 「정행품(淨行品)」에 이런 구절이 있습니다.

"수행자여 가부좌를 풀 때는 반드시 지극한 마음으로 '중생들이 인연으로 형성된 모든 법(法)이 흩어지고 사라짐을 달관할지라' 하고 발원할지니라."

참선을 할 때 두 다리를 꼬고 앉는 것을 가부좌라고 부릅니다. 좌선을 하고 다리를 풀 때마다 이렇게 생각하고 기원하라는 말입니다. 인연으로 형성된 모든 법(法)은 모든 존재를 뜻합니다. 쉽게 말해, 모든 존재는 인연(원인과 조건)으로 형성되었다가 인연(원인과 조건)이 다하면 사라지는 것이니, 그것이 흩어지고 사라짐을 달관하라는 것입니다.

이런 삶의 진리에 눈 뜬 사람, 인생을 과학적으로 보는 눈이 생긴 사람은 달관할 수 있습니다. 그러나 그렇지 못한 사람은 근심과 걱정, 불안과 공포, 비탄과 낙담, 원망 같은 것에 빠지게 됩니다. 달관하는 사람은 편안하고 홀가분하고 평화롭게 살아가는 힘을 얻게 됩니다.

공자는 제자들에게 안빈낙도(安貧樂道)의 삶을 살아야 한다고 강조했습니다. 지금 우리가 살아가는 사회에서 알맞게 갖고 쓰면서 단순 소박한 삶을 평안하게 즐기는 마음을 갖는다는 게 힘들 수도 있습니다. 이기적이고 감각적인 즐거움에 대한 갈망이 충족되지 않으면 마음이 움츠러들고 스트레스에 시달리게 되는 게 요즘 우리의 삶입니다. 누군가는 누군가를 밟고 일어서야 하는 사회…… 이 사회에서 달관의 길을 가는 것은 불가능한 삶의 모습으로 보입니다.

안빈낙도의 삶은 달관에 의해 이루어지는 삶이라 할 수 있습니다. 달관의 삶이란 사실을 사실대로 보고, 사실대로 이해하고, 사실대로 인정하고, 사실대로 수용하는 삶입니다. 불교에 생자필멸(生者必滅), 회자정리(會者定離)란 말이 있습니다. 누구든 태어나면 반드시 죽고, 누구든 만나면 반드시 헤어진다는 뜻의 진리입니다. 부자도, 가난한 사람도, 권력을 가진 사람도, 이름이 없는 사람도, 태어나면 죽고 만나면 헤어지게 되어 있습니다. 이러한 삶의 실상을 이해하고 사실대로 인정하며 수용하고, 그 사실에 맞게 살아가는 삶이 곧 깨달음이며 달관자의 삶입니다. 그리고 안빈낙도의 삶이라고 할 수 있습니다.

달관하게 되면 삶은 변합니다. 버림, 떠남, 체념, 포기, 달관은 거의 같은 의미라고 할 수 있습니다. 포기, 체념이란 단어가 부정적인 의미로만 해석되지만, 잘 생각하면 꼭 그런 것만은 아닙니다. 붓다의 출가를 우리가 정의할 때 위대한 포기, 위대한 체념, 위대한 버림, 위대한 떠남이라고 합니다. 붓다의 위대한 체념은 해도 해도 안 되니까 절망해서 체념했다는 의미가 아니라, 매우 주체적이고 창조적인 위대한 선택이었습니다.

붓다의 삶을 돌아봤을 때, 불교에서 말하는 깨달음이 달관이라는 것을 알 수 있습니다. 세계와 존재는 어떤 원인과 조건에 의해 생멸한다는 연기론적 세계관을 사실적으로 파악하고 이해하고 받아들이게 되는 순간, 그 삶이 바로 안빈낙도이며 달관의 삶입니다.

세상에 분리 독립되어 혼자 존재하는 사람은 없습니다. 모든 존재는 관계에 의해 존재합니다. 이것을 이해하지 못하면, 자기중심적이고 이기적인 사고방식을 진리로 받아들이게 됩니다. 반면 연기론적 사고에 자신을 맞추게 되면 달관의 자세를 취할 수가 있습니다. 자신 앞에 놓인 고통과 시련을 그저 피하려고 발버둥치는 게 아닙니다. 자신 앞에 어떤 고통과 시련이 닥쳐도 기꺼이 정직하게 만족하며 고통과 시련을 밑거름으로 전화위복이 되도록 하려는 삶의 자세를 배울 수 있습니다.

"너 없어도 나 혼자 살 수 있어."

"네가 없는 것이 나에게 더 유익해."

"너 없애고 나 혼자만 잘살 거야."

냉정하게 보면 이 모습이 지금 우리가 사는 세상입니다. 사람들은 누군가를 이겨야 내가 행복해진다는 착각에 빠져 있습니다. 그야말로 약육강식입니다. 그러나 정글의 법칙이 지배하는 사회에서 벗어나는 길은 불가능하지 않습니다. 지금 당장 연기론적인 세계관에 대한 이해나 인식을 갖고, 달관자의 삶을 사는 것입니다. 더불어 사는 것만이 자신을 사랑하는 진리의 길임을 알아야 합니다.

상대의 존재를 진심으로 인정하고 존중하고 배려하고 고마워하며 살아가야 합니다. 바로 그런 삶의 모습이 우주의 존재 법칙인 연기론적인, 관계론적인 진리에 맞는 삶의 모습이기 때문입니다.

"너에 의지해서만 내가 존재할 수 있다."

"너 없는 나는 존재할 수 없다."

"너를 사랑함을 통해서만 나를 사랑하는 것이 가능하다."

"진심으로 너의 아픔에 애정을 쏟을 때 나의 아픔이 치유된다."

이런 생각을 품는 순간, 우리가 지금 살아가는 사회는 함께 사는 세상이 됩니다. 서로에 대해 인정하고 신뢰하고 애정을 갖고 협력을 하며 살아가는 게, 법(法, 다르마, 진리)에 맞는 삶입니다. 법에 맞게 살았을 때 삶은 평화롭고 행복합니다. 바로 깨달음, 달관의 삶입니다. 이기적인 욕망을 채우는 건 결코 자신에게 유익한 일이 아

닙니다. 상대를 인정하고 존중하는 삶을 살아야 합니다. 지금 당장, 자신을 낮춰야 합니다. 비워야 합니다. 내려놓아야 합니다. 내놓아야 합니다. 단순하고 소박한 삶이 가장 아름답습니다. 그리고 가장 위대한 삶이며, 가장 바람직한 삶입니다.

부디, 위로라는 환상에
빠지지 말길

　최근 취업도 잘 안 되고, 경제도 활력이 없고…… 다들 힘들다고 아우성입니다. 그래서인지 위로와 치유라는 주제로 쓰인 인기 있는 멘토들의 책이 쏟아져 나오고 있습니다. 책을 읽고 마음을 위로받을 수 있다면, 그래서 좌절에 빠지지 않고 용기를 낼 수 있다면 말할 나위가 없이 좋을 것입니다.

　그러나 우리가 환상과 허상의 행복을 쫓는 잘못된 행복타령에 빠져 있는 것은 아닌지를 먼저 점검해보아야 합니다. 힘든 때일수록 근본을 살펴봐야 합니다. 위로는 한 번으로 족합니다. 발밑을 살피고 삶의 혁명이 일어나도록 바른 견해를 갖는 게 더욱 중요합니다.

불교는 한마디로 직면한 실상을 사실대로 보라는 종교입니다. 사실에 맞게 삶을 살아야 편하고 자유롭다는 것이 불교의 기본적인 사유방식입니다. 우리는 지금 행복타령을 하면서 거의 감각적인 기쁨만 주로 이야기합니다. 감각적으로 편안한 것, 기분 좋은 것, 맛있는 것, 따뜻한 것, 부드러운 것, 즐거운 것, 쉬운 것 주로 이런 행복을 이야기합니다.

그런데 우리가 직면한 실상을 들여다보면 그런 행복과는 정반대입니다. 이를테면 여름더위를 떠올려보면 됩니다. 더우면 감각적으로 아주 불편하고 짜증스러워서 힘들다며 성질을 내기도 합니다. 그러나 여름더위의 실재를 들여다보면 어떨까요? 인간이 감각적으로 불쾌하게 생각하거나 말거나 관계없이 실재는 어떨까 하고 들여다보면 전혀 다른 모습이 보입니다.

참다운 여름의 모습은 여름의 더위입니다. 여름이 덥기 때문에 아름다운 꽃이 피어나고, 맛있는 수박이 열리고, 우리 아이들의 배를 불려주는 벼도 자랍니다. 여름더위가 없으면 우리의 삶은 불가능합니다. 여름더위는 우리가 행복타령을 할 수 있게 해주는 거룩한 존재입니다.

감각적인 기쁨을 쫓으면 쫓을수록 삶은 힘들어집니다. 여름은 더우니까 짜증이 나고, 겨울은 또 추우니까 짜증이 나게 됩니다. 감각적인 기쁨만 쫓으려고 하면 날마다 짜증스러울 수밖에 없습니다. 그것이 바로 고통입니다. 그런데도 사람들은 끊임없이 감각적인 즐거움을 찾고 탐닉합니다.

반면에 여름더위가 생명을 풍요롭게 만든다는 사실을 받아들이려고 노력하면 삶의 혁명을 이끌어낼 수 있습니다. 실상을 알고 실상대로 삶을 다루다보면 결국 여름이란 것은 내 생명을 살아가게 하고 건강하게 하는 귀하고 고마운 존재입니다. 그리고 눈이 매섭게 흩날리는 한겨울도 추워서 귀하고 고마운 존재가 됩니다.

사람 사는 세상도 마찬가지입니다. 우리가 살면서 부딪치는 사람들의 존재의미를 사실적으로 파악하고 이해하면 우리가 타인을 대하고 바라보는 관점과 태도가 달라집니다. 세상에 그냥 존재하는 사람은 없습니다. 그 사람으로 인하여 세상의 실상은 제 역할을 하게 되고 빛이 납니다. 아무리 짜증나고 불편한 사람일지라도 누군가에게 귀하고 꼭 필요한 사람이라면 무작정 미워하고 싫어하고 없애려고만 하지 말고 잘 사귀고 어울려야 합니다.

땀을 뻘뻘 흐르게 하고 불쾌지수를 올리는 여름더위가 내 생명을 살게 하고 건강하게 하고 아이를 웃게 하고 아름다운 꽃을 피어나게 합니다. 여름은 귀하고 고맙고 기분 좋은 존재입니다. 세상에 불필요한 존재는 없습니다. 그러므로 더위 없는 여름은 여름이 아닙니다. 더위 없는 것이 좋은 것이라는 착각과 환상을 쫓을 게 아니라 무더위의 실재 의미를 사실대로 보고 느끼며, 사실에 맞는 마음을 쓰고 살아가고자 한다면 우리의 생활이 변화하게 됩니다.

진정 여름더위의 존재가치에 눈을 뜨고 그 사실을 인정하고 받아들인다면 여름이 아무리 덥다 하더라도 선풍기 하나 정도면 충분히 기분 좋게 여름을 보낼 수 있습니다. 반대로 여름더위를 실제 의미와는 관계없이 내 기분, 내 감각으로만 생각하다보면 에어컨이 없이는 살 수 없게 됩니다. 에어컨 바람을 쐬다보면 순간적으로는 기분이 좋아지겠지만, 결국은 에어컨 없이는 짜증이 나서 살기가 싫고 하루하루가 불편해지는 결과를 가져옵니다.

위로를 통해 치유하고 희망을 찾겠다는 것은 에어컨 처방과 비슷합니다. 순간적으로 편하고 좋을 수 있습니다. 그러나 그것이 지속되어갈 경우 우리의 삶은 환상에 빠지게 됩니다. 삶을 왜곡하여 바라보게 됩니다. 그리고 삶을 더 어렵게 만드는 또 다른 착각과 환상에 중독되어서 에어컨이 없으면 살지 못하게 되는 결과를 낳습니다.

따스한 위로를 받는다고 해서 삶의 본질을 바꿀 수는 없습니다. 불편하고 짜증스럽다고 에어컨을 계속 쓰면 어떻게 될까요. 신체적으로 정신적으로 심각한 질병을 앓게 되고 삶 자체가 그러니까 병들고 쇠약해질 수밖에 없습니다. 우리에게 필요한 것은 환상적인 위로가 아닙니다. 우리에게는 감각적인 기쁨을 주는 에어컨보다는 실상을 사실대로 아는 연습이 필요합니다. 실상과 같이, 존재의 실상에 부합되게 살아가야 삶이 홀가분해지기도 하고 건강해지기도 하고, 행복해질 수 있습니다.

우리 속담에 좋은 약은 입에 쓰다는 말이 있습니다. 우리는 진실이라 하더라도 쓴소리를 듣지 않으려고 합니다. 듣기 좋은 소리만을 들으려고 합니다. 그 과정에서 비록 더 많은 아픔을 감당해야 하더라도. 그래서일까요? 남들에게도 입에 발린 좋은 소리만을 하려고 합니다. 상대의 기분을 살피고 달콤한 소리를 하려고 노력합니다. 우리는 진실을 보려 하지 않습니다. 쉽고 편안하고 좋은 게 좋다는 식의 착각과 환상을 쫓으면서 다른 이들에게도 착각과 환상을 전하기 바쁩니다.

이런 방식으로는 진정 아픔을 치유할 수 없습니다. 또다른 아픔을 확대재생산하게 됩니다. 악순환의 반복입니다. 삶의 실상은 엄정합니다. 불편하지만 정직하게 진실을 마주해야 합니다. 우리가 좋아하고 좋아하지 않고 관계없이 우리는 문제의 진실을 끊임없이 드러내야 합니다. 우리 앞에 펼쳐진 사실과 실제를 직시하게 하고 진실을 알게 돕고, 진실에 근거해서 삶의 문제를 풀어가는 법을 알려줘야 합니다. 그걸 어떻게 대중성 있게 할 것인가, 현실적으로 어떻게 풀어갈 것인가 하는 것은 별도의 문제입니다.

출가에 관심이 있는 청년들에게 이런 말을 해준 적이 있습니다. 붓다는 "나의 가르침은 지금 여기에서 누구나 이해하고 공감할 수 있으며, 현실에서 바로 이루어지고, 현실적으로 증명되고 검증될 수 있다"고 했습니다. 나는 이런 것이 붓다의 가르침이라고 생각합니다.

목마르면 물을 찾게 되고, 물을 마시면 목마름이 해결되는 것. 왜 이런 행위는 복잡하거나 어렵지 않고 단순명료할까요? 왜 이것에 대해서는 누구도 이의를 제기하지 않을까요? 당연히 수긍하는 것일까요? 목마르면 물마시고 물마시면 목마름이 해결된다는 것은 책에 있는 내용이 아니라, 우리의 일상적인 현실입니다. 누구나 경험할 수 있는 실재입니다. 목마름이란 진보와 보수 따로 겪는 것도 아니며, 기독교와 불교가 다른 방식으로 접근하는 것도 아닙니다. 목마름이란 동서고금 남녀노소 빈부귀천 누구나 실제로 경험하는 내용이기 때문에 명료하게 다 공감할 수 있습니다. 삶을 그렇게 단순명료하게 다뤄야 한다는 게 바로 불교의 가르침입니다.

그렇다면 누구나 동의할 수 있는, 지금 여기 나에게 가장 중요한 가치가 무엇일까요? 책에서 본 지식이 아닌 실제의 삶에서 짚어보면 결국 나에게 가장 중요한 가치는 지금 여기 내 생명이라는 결론에 도달합니다. 나에겐 내 생명이, 너에겐 네 생명이, 우리에겐 우리의 생명이 가장 중요한 가치입니다. 생명이야말로 이 세상을 살아가는 모든 사람들에게 공통적으로 가장 중요한 가치입니다. 그런데 만일 너무나 명명백백한 이 사실을 간과하고 있다면 우리가 가지고 있는 지식과 신념이 무슨 의미가 있을까요?

가장 중요한 가치가 뭔지를 모르는 사람이 대통령을 한다면 대통령 역할을 제대로 할 수 있을까요? 가장 중요한 가치가 뭔지 모르는 사람이 국회의원을 하고, 장관을 하고, 교수를 하고, 종교인이 되고, 언론인 역할을 한들 제대로 할 수 있을까요? 가장 중요한 가치가 무엇인지도 모르는 사람이 인생을 제대로 살 수 있을까요?

바로 여기에서 우리는 길을 잃고 있는 것입니다. 이 문제에 대해 확실한 대답을 못 하는 사람은 제아무리 박사라도 별수 없고, 교수라도 별수 없습니다. 지금 우리에게 가장 중요한 가치가 생명이라면, 상식적으로 그다음엔 무엇을 해야 할까요? 당연히 내 생명이 어떻게 이뤄진 존재인지, 어디에 어떻게 존재하고 있는지를 알고자 하는 게 다음 순서입니다. 그래야 그다음에 어떻게 해야 할지 올바른 처방을 내릴 수 있게 됩니다.

우리는 일반적으로 내 생명은 내 안에 따로 있고, 네 생명은 네 안에 따로 있다고 여깁니다. 대부분의 사람이 그렇게 알고 믿습니다. 아무도 의심하지 않기 때문에 진지하게 생각해보지도 않고 너무나 당연하게 여깁니다. 우리가 믿고 있는 것처럼 너의 생명 따로, 내 생명 따로 존재할까요? 실상을 확인해보면 그 지식과 믿음은 모두 망상입니다.

따로 분리 독립된 그런 생명은 존재하지 않습니다. 따로 존재하는 생명이란 생각으로, 말로, 글로는 있다고 할 수 있지만 실재로는 없습니다. 실재는 없는 것인데 생각으로, 말로, 지식으로 있다고 믿는 것을 불교에서는 모두 전도몽상이라고 합니다. 전도몽상. 한마디로 실재하지 않는 망상입니다. 생명은 온통 관계로만 존재합니다. 태양이 없이 내 생명이 지금 여기 존재할 수 있을까요? 붓다와 예수가 존재할 수 있을까요? 이 세상에 존재하는 그 누구도 예외 없이 존재할 수 없습니다.

우리는 존재가치에 눈을 떠야 합니다. 돈을 얼마나 가졌는가에 따라서, 어떤 대학 나왔는가에 따라서, 어떤 자동차를 타느냐에 따라서 사람을 차별하는 그러니까 소유에 의해서 인간가치가 좌우되는 삶을 바꿔야 합니다. 소유가치를 중심에 놓고 삶의 문제를 다루는 한 우리의 삶은 영원토록 편안할 수도 자유로울 수도 아름다울 수도 없습니다.

자신에게 가장 소중한 생명을 천금을 준다고 해도 바꿀 사람은 없습니다. 생명은 이 세상의 어떤 것으로도 비교할 수 없고, 어떤 것과도 대신할 수 없는 최고의 가치를 가진 존재입니다. 우주적 사건의 존재요, 우주적 가치인 존재의 실상에 대해 자각하고 확실한 안목으로 삶을 바라보고 다루었을 때 진정한 만족과 자부심을 가지게 됩니다. 감각적 기쁨, 소유의 기쁨을 행복이라고 생각하는 건 착각이고 환상일 뿐이며, 손에 잡히지 않는 아지랑이일 수밖에 없습니다.

존재가치에 눈을 떠야만 행복이 있습니다. 행복이란 녀석은 만족, 보람, 자부심 같은 모양을 하고 있는데, 비록 육체적으로는 고단할지라도, 물질적으로 풍요롭지 않을지라도 스스로의 삶에 대해서 만족과 보람과 자부심을 가질 수 있다면 그게 곧 행복입니다.

붓다는 무엇을 소유해서 행복한 분이 아니었습니다. 매일 걸어다니며 얻어먹고, 매일 노숙하고, 추위에도 넝마를 입고 다녔습니다. 편안하고 풍요로운 삶과는 거리가 먼 고단한 삶이었습니다. 그렇지만 붓다는 자신의 삶에 대해 스스로 만족하고 보람을 느끼고 자부심을 가졌습니다.

우리는 감각적 환상을 쫓으며 살고 있습니다. 인도, 티베트, 히말라야 등에 환상적인 무엇인가가 있을 거라 믿습니다. 정체는 알수 없지만 감각적인 편안, 여유, 자유 따위를 느끼고 돌아옵니다. 그러나 얼마되지 않아 또 갑갑하고 불안해 합니다. 그러면 또다시 떠나고 싶어집니다. 여기 없는 희망이 거기는 있을 것이라고 착각하고 환상을 쫓아 길을 떠납니다. 그곳에서 위로와 치유를 받고 돌아왔는데, 그런데 웬일일까요? 기분 좋은 마음으로 생활에 복귀했는데, 변화 없는 일상에 갑갑함을 느끼게 됩니다.

다시 미얀마 사원으로, 티베트 사원으로 떠납니다. 이런 현상이 많습니다. 일종의 중독현상이라고 해도 무방합니다. 요즘은 위로와 치유 프로그램을 쫓아다니는 사람들에게서도 그런 현상이 많습니다. 끊임없이 위로를 찾아, 치유를 찾아 헤맵니다. 이 프로그램 저 프로그램, 이 명상센터 저 명상센터……

잠깐의 감각적 위로와 잠깐의 감각적 치유를 찾아 헤매는 경우들이 많습니다. 삶의 실상에 대한 무지와 착각으로 인해서 생긴 환상을 쫓고 있는 것입니다. 환상으로부터 깨어나야 합니다. 착각으로부터 깨어나야 합니다. 감각적인 편안함, 따뜻함 따위의 위로와 위안이 해결책이 될 수 없습니다.

붓다가 임종을 앞둔 병든 제자에게 병문안을 하는 일화가 있습니다. 고통스러워하는 제자에게 먼저 많이 고통스러우냐고 물으니 제자가 견딜 수 없이 고통스럽다고 말합니다. 그러자 바로 나눈 대화가 인간 존재의 무상(無常)과 무아(無我)에 대한 이야기입니다.

무상이란 우리가 영원하다고 알고 믿는 어떤 것도 실재로는 반드시 변화한다는 뜻입니다. 마치 태어난 자는 반드시 죽고 만난 자는 반드시 헤어지는 것처럼. 무아란 우리의 허무한 육체 안에 영원불멸의 자아가 있다고 알고 믿고 있는데, 그런 영원불멸의 자아는 없다는 뜻입니다. 마치 양파를 벗겨내고 또 벗겨내어 끝까지 벗겨내도 끝내 다른 무엇이 없는 것처럼.

붓다는 임종을 앞둔 병든 제자를 문안하여 이렇게 묻습니다. "정신과 육체는 영원한가, 무상한가? 무상하다면 무상한 것은 괴로운 것인가 즐거운 것인가?" 병든 제자는 무상한 것은 괴로운 것이라고 대답합니다. 그러자 붓다는 "무상하고 괴롭고 변화하는 것을 '이것은 내 것이고 이것이야말로 나이며 이것은 나의 자아다'라고 하는 것은 옳은 것인가?"라는 대화를 통해 인생의 실상을 깨닫게 합니다.

끊임없이 변화하는 인생과 온갖 인연들이 모여 이루어진 화합의 인생인데, 그 무엇을 탐착할 수 있을까요? 만남도 헤어짐도 태어남도 죽음도 바다의 파도처럼 인연 따라 존재가 이루어지는 인생임을 달관함으로써 죽음에 대한 불안과 두려움으로부터 벗어나야 합니다.

몸은 계속 변하고 생각도 계속 변합니다. 이 세상의 모든 존재는 그 어떤 것도 한 자리에 머물러 있지 않습니다. 시간이 흐르는 만큼 함께 변해갑니다. 인생도 마찬가지입니다. 태어나 살아가다가 늙어가고 마침내 병들고 죽는 인간의 삶은 무상합니다. 무상은 곧 고통입니다. 그럼 인간은 결국 병들고 죽는 존재니까 허무에 빠져 살아도 된다는 말일까요? 아닙니다. 무상하기 때문에 잠

시도 인생을 헛되이 살지 말라는 소리입니다. 언제나 최선을 다해 현재를 온전히 살아야 한다는 말입니다. 존재의 실상을 직시하고 달관하는 것이 삶의 불안과 공포에서 벗어나 현재를 온전히 사는 행복의 길임을 체감하게 합니다.

불교는 붓다의 출가에서 시작합니다. 붓다의 출가가 아니더라
도 불교는 출가에서 시작합니다. 그렇다고 모두 머리 깎고 승려가
되어야 한다는 의미는 아닙니다. 형상이나 복색이 문제가 아니
라 붓다의 출가를 보면 어떤 의문과 사명에서 비롯됩니다. 풀어야
될 의문과 반드시 수행해야 할 사명이 생기면 그것으로서 마음의
출가는 시작된 것입니다. 진리(다르마, 法)를 구하고 그것을 배운 대
로 실행하며 살겠다는 다짐이 곧 출가입니다.

경전에서는 대체로 왕자였던 싯다르타(붓다의 출가 전 이름)의
출가의 배경을 사문유관(四門遊觀)으로 이야기합니다. 네 방향의

성문 밖으로 외유를 나가서 본 어떤 충격적인 사건에 대한 이야기입니다. 무엇을 본 것일까, 그리고 그것을 왜 싯다르타는 충격적인 것으로 받아들인 것일까 하는 점을 오늘날 우리의 삶과 우리가 살고 있는 세상에 비추어서 사유 음미해볼 필요가 있습니다. 초등학생들도 아는 이야기일 수 있지만 그것을 우리의 상황과 연결지어서 생각해보는 것이 중요합니다.

싯다르타는 먼저 병든 사람을 보았습니다. 그리고 흰 머리에 지팡이를 짚고 허리는 굽어진 늙은이를 보았고, 들것에 실려 나가는 죽은 사람을 보았습니다. 그리고 마지막으로 자유롭게 살아가는 당대의 선구적 지식인이라고 할 수 있는 출가사문(沙門, 걸식을 하며 수행하는 사람)을 보고 마침내 출가를 결심하는 것으로 묘사되어 있습니다. 싯다르타는 늙고 병든 사람, 죽은 사람을 보고 어떤 의문을 가졌는가 하는 그것이 싯다르타가 무엇을 해결하기 위해 출가를 감행하였는가 하는 것을 이해하는 핵심이 될 것입니다. 그는 각 장면을 마주할 때마다 네 가지 질문을 던집니다.

"이것이 원래 그런 것인가?"

"어쩌다 그렇게 되는 것인가?"

"이런 일이 나에게도 일어나는가?"

“(그것이) 모든 사람들에게 일어나는 일인가?”

“이것이 존재하는 모든 것들에 일어나는가?”

싯다르타가 던진 위의 질문을 살펴봅시다. 싯다르타의 질문은 나, 모든 사람, 모든 존재로까지 넓혀지고 연결된다는 것을 알 수 있습니다. 그 문제, 그런 고통이 나에게도 해당하는 문제인가 하는 것에서부터 출발해서 모든 인간과 모든 존재에게 해당하는 근본적이고 보편적인 문제는 아닌가 하는 질문으로 나아갑니다. 그렇게 질문을 끝까지 밀고 나가는 힘이 있습니다. 자기 자신에 한정해 두지 않습니다.

그래서 싯다르타의 출가를 세상을 위한, 중생을 위한 커다란 자비심의 발로이자 대비원력(大悲願力), 즉 존재의 근원적 고통을 해결하겠다는 위대한 사명의식에서 결행한 출가라고 부릅니다. 단순한 개인의 고민 차원을 넘어서서 본질적이고 보편적인 문제의식, 나만이 아닌 이 세상 모든 존재에게도 동일한 문제임을 자각하고 그 문제를 내가 해결해야겠다는 큰 결심 속에서 이루어진 것이라는 얘깁니다.

늙고 병들고 죽는 것은 원래 그런 것이고, 나에게도 일어나는 것이고, 모든 사람에게 일어나며, 모든 존재하는 것들에게 일어납니다. 그것이 왜 일어나는가를 발견하는 것을 통해 그 의문은 해결될 수 있습니다. 후일 발견한 그 해답이 모든 존재는 조건이 모이고 흩어지는 바에 따라 생멸한다는, 관계에 의해 존재한다는 것이었습니다. 이것을 연기론(緣起論), 연기적 세계관이라고 합니다.

여기서 우리가 또 한 가지 의문을 가져보아야 할 것이 있습니다. 그렇다면 경전에 실린 것만이, 경전을 통해서 전해진 이 사문유관(四門遊觀)이라는 이야기만이 싯다르타의 고민, 출가 동기의 전부였을까요? 아마도 그렇지 않았을 것입니다. 우리는 그가 살았던 당시의 시대상이나 사회적 조건들을 통해서 그의 삶의 다른 측면, '왕위 계승이 확정된 왕자의 출가'라고 하는 측면으로도 의미를 읽어낼 수 있습니다. 사회적 정치적 결단이 강하게 얽혀 있는 또 다른 고통의 실타래를 풀어내야 합니다.

그가 살던 시대는 문명사적으로 철기문명이 전파된 시대였고 이로 인해 농업생산에서 혁명적인 발전이 이룩되었습니다. 이를 기반으로 시장과 도시가 형성되고, 교통수단의 발달과 원거리 상업이 촉진되며, 무기의 발달과 더불어 방대한 영토의 통합을 통해 거대제국이 형성되는 단계로 나가던 시절이었습니다.

철학자 칼 야스퍼스는 이 시대를 '축의 시대'라고 했습니다. 기원전 500년을 전후한 시기 인류 정신사의 주축이 되는 위대한 사상이 나타난 '주축의 시대'라는 의미라고 합니다. 이 시대에 중국에서는 공자와 노자 등 제자백가, 인도에서는 우파니샤드와 붓다, 이란에서는 조로아스터, 팔레스타인에서는 이사야와 예레미야 등의 예언자들, 그리스에서는 플라톤을 비롯한 철학자들이 수 세기에 걸쳐 동시다발로 등장한다고 해서 그렇게 명명했다고 합니다.

붓다가 출현한 시기, 싯다르타가 왕자로 책봉된 시점의 북인도의 상황도 마찬가지입니다. 북인도의 강대국인 코살라국(Kosala)에 의해 약소국들이 하나둘씩 병합되어가는 전쟁의 시대였습니다. 싯다르타는 약소한 부족국가의 왕자로 태어나 한 나라의 후계자로서 통치자로서 교육됩니다. 무예에서부터 수리와 철학, 정치 등의 학문들을 모두 섭렵한 후 후계자로 책봉됩니다.

붓다가 깨달은 후에 자신의 깨달음을 전파하는 과정과 행보를 보면 출가 전 지도자 수업의 효과가 아니면 이해하기 어려운 탁월한 전략이 보입니다. 붓다는 적어도 왕의 후계자로서 선진적인 문물을 모두 경험하고 섭렵합니다. 그런 과정에서 사문유관으로 대표되는 온갖 상징적 사건들을 접하면서 인간의 비참한 모습들을 만나게 됩니다. "이렇게 모순덩어리고 고통덩어리고, 그리고 아무리 잘났다고 해봐야 다 허망하게 사라지고, 죽고, 아수라장에서 싸우면서 살아야 되는 이 세상, 이 인생이란 대체 무엇인가." 결국 이런 회의를 하게 된 것이라고 할 수 있습니다. 그리고 그것에 대한 해답, 그것에서 벗어나는 길을 찾지 않고는 견딜 수 없었을 것입니다.

그런 면에서 우리는 싯다르타가 본 생로병사의 장면을 자연현상으로만 한정해서 읽어서는 안 됩니다. 경전에서 구체적인 이야기로 다루고 있지 않지만, 거리에 버려진 병자와 늙은이 그리고 죽음의 행렬을 '사회적 모순과 부작용과 혼란, 위험들에 의해서 발생되어진 생로병사'라고 하는 또 다른 측면을 함께 읽어낼 수 있어야 합니다.

우리는 싯다르타의 출가 이야기를 통해 우리의 질문을, 우리의 의문을, 우리의 생각을 자기 자신에게로만 한정짓지 말아야 한다는 것을 배우게 됩니다. 그는 자신에게 닥칠 문제 상황들이 무엇인지 정확하게 확인하고 직시했습니다. 즉 실상(實相)을, 있는 그대로의 모습을 왜곡됨 없이 그대로 보는 용기를 가졌습니다. 그리고 그것이 왜 그런 것인지에 대해 관습적으로 생각하지 않고 주체적으

로 정직하게 물었습니다. 자연현상조차도 스스로 그러한 당연스러
운 존재, 혹은 당연히 그러한 현상으로서 넘기지 않았습니다. 붓다
는 질문과 탐구, 통찰을 통해 존재는 관계에 의하여 생겨나고 사라
진다는 근원적 사유와 통찰에까지 도달할 수 있었을 것입니다.

붓다는 먼저 그것이 나에게도 닥치는 문제인지를 물었고, 그것
에 그치지 않고 모든 사람, 모든 존재에 관한 문제인가에까지 질문
을 확장했습니다. 일상에서 일어나는 다반사의 사건들, 현상들, 고
통들에 대해 습관적으로 대하지 않았습니다.

새로운 각도에서 질문을 던졌고, 모든 존재로까지 그 문제를 연
결시켰습니다. 그렇게 해서 그는 모든 사람들이 아주 일상적으로
보던 장면들에 대한 질문을 근원적이고 보편적인 것으로 만들 수
있었습니다. 그리고 마침내 그 질문을 스스로 해결하고 온 우주에
서 첫 번째이자 유일한 존재, 깨달은 사람, 위대한 인간, 붓다가 된
것입니다.

질문이 중요합니다. 적어도 인생 전체에 걸쳐서 생각하자면 어
떤 물음을 가지느냐가 중요합니다. 좋은 물음은 우리의 일상에 대
해, 일상에서 다반사로 닥치는 문제에 대해 그것의 실상을 보고자

하는 용기를 필요로 합니다. 있는 그대로 보기 위해서는 정말로 커다란 용기가 있어야 합니다. 이해관계라는 안경을 벗어던져야 하고, 자신의 오랜 신념조차도 부정하고 내려놓아야 하기도 하고, 고정관념을 떨쳐내야 하기도, 자신이 가장 자랑스럽게 생각했던 것이나 가장 소중하게 생각하는 것들로 인한 굴절과 착시를 매 순간 알아채고 바로 잡아야 합니다.

그리고 더 나아가서는 나무의 뿌리와 같이 드러나 보이지 않는 것조차도 볼 수 있는 단계까지 도달하고자 하는 끈질김이 있어야 합니다. 질문의 크기, 질문의 넓이, 질문의 깊이가 우리의 삶을 더 크게, 우리의 생활을 더 넓게, 우리의 인생을 더 깊게 만듭니다.

우리들 삶 속에 화두는 언제나 있습니다. 누구나 화두를 가지고 살고 있으나, 자신을 들여다보지 못해 놓치고 살 뿐입니다. 존재의 이유와 가치라는 것이 누구에게나 주어져 있는 근원적인 물음입니다.

"나는 누구인가, 인생이란 무엇인가, 어떻게 살아야 하는가."

이 물음에 대해 우리가 얼마나 진지하게 생각하는가 하는 차이가 있을 뿐, 늘 우리 삶과 함께, 우리의 숨결과 함께 존재하고 있습니다.

우리 대부분은 사춘기 때, 이런 물음을 던져봤습니다. 하지만 그다음에는 시험공부를 하느라, 연애를 하느라 바빠서, 먹고사는 데 별로 도움이 되지 않는 것으로 취급하고 잊고 살았습니다.

일상에 매몰되어 살다보니 인생이 팍팍하기도 하고, 허망하기도 하고, 뭔가 이렇게 살면 안 되는 것 같기도 하고 그런 생각이 들 때에 다시 그런 물음에 관심을 갖게 됩니다. 화두는 그야말로 자기 자신에게서 우러나는 소리, 그게 보편적인 물음이라고 봅니다. 나는 누구인가 하는 자기 존재에 대한 원초적 의문, 이 물음이 화두입니다.

지금 내가 사람들에게 문제 삼는 것이 이 부분입니다. 결국 이 물음에 충실하지 않으면 자기 존재에 대해서 무관심하다는 것과 다름아닙니다. 자기 존재에 무관심하기에 그 물음을 던지지 않고, 내다버리고, 지워버리고, 주로 이기적 욕망만 추구하고, 이 이기적 욕망을 달성하는 데 필요한 잡동사니 물음들로만 온통 채워버리고 있습니다. 자기 존재에 대한 무관심과 무지, 나는 이것이 오늘날 우리 사회, 우리들의 가장 큰 문제라고 생각합니다.

살아 있는 진정한 화두는 존재에 대한 근원적 물음입니다. 이걸 진지하게 묻고 살아야 합니다. 놓치지 말고, 잊지 말고, 스스로에게 끊임없이 묻고 물으면서 살아가면, 정치를 해도 훌륭한 정치인이 되고 사업을 해도 훌륭한 사업가가 됩니다. 종교를 해도 훌륭한 종교인이 됩니다. 존재에 대한 근원적 물음이 훌륭한 학자, 훌륭한 운동가, 훌륭한 주부, 훌륭한 농사꾼을 만듭니다.

지금 산중선원에서 스님들이 하는 간화선은 정형화된 화두입니다. 그것은 물론 존재에 대한 근원적 질문을 옛날 선조들이 그 시대의 언어와 문화로 던졌던 것들이며, 그것을 통해 훌륭히 해답을 찾았다는 것도 검증된 것입니다. 그러나 더욱 중요한 것은 바로 '존재에 대한 근원적 물음'이며, 그것은 시대와 문화, 공동체 구성원들의 공통된 체험과 의식들로 다르게 표현되어질 뿐이라는 점입니다. 그것을 놓치고 산다는 것, 이것을 깨닫는 것이 우리들 선적인 수행의 출발지점입니다.

화두를 더 일상으로 좁혀들어오면 자기 자신에게서 울려오는 양심의 소리, 내면의 소리, 영혼의 소리, 마음의 소리, 생명의 소리, 이것을 잘 들을 수 있습니다. 그 소리에 떳떳할 수 있도록 사는 것이 화두를 제대로 드는 것이고 화두를 제대로 참구(參究)하는 것이라고 생각합니다. 자기 소리에 떳떳할 수 있는 것은 자기 자신에게 떳떳한 것이고, 그려면 삶이 떳떳해집니다.

자기 소리에 투철한 사람, 투철하게 정직한 삶을 추구하는 사람
은 분명 홀륭한 사람이고, 그런 사람이 진정으로 '살아 있는 화두
를 붙잡고 공부(參禪修行)'하는 사람인 것입니다.

가끔은
미완성이라도 괜찮다

우리가 인간 붓다의 삶에서 배워야 할 중요한 교훈은 붓다가 고통의 현장에서 중생과 고통을 함께했다는 것입니다. 내가 절집에 몸을 담고 있는 동안, 조계종단 출범 50년 동안에 고승이라고 하는 분들이 붓다처럼 첨예하면서도 절박한 문제의 현장에서 중생과 고락을 함께했다는 얘기를 거의 듣지 못했습니다. 안타깝게도 신도들 집에 찾아가거나 죽은 사람 천도재 지내러 다니는 것만이 그분들에게는 현장이었습니다.

첨예한 아픔의 현장으로 향하지 않는 게 당연시되는 풍토에는 궁색한 명분과 논리가 있습니다. 그 논리를 들어보면 알쏭달쏭합니다. "나는 아직 붓다가 못 됐기 때문에 붓다처럼 살 수 없다.

석가모니는 깨달았기 때문에 첨예한 문제의 현장에 나갈 수 있었다."이런 논리로 많은 고승들은 현장에서 떨어져 살고 있습니다. 붓다와 같은 지혜를 갖추고 있지 않기 때문에, 아직 미완성이기 때문에 나설 수 없다는 말이 과연 옳을까요? 눈 먼 사람이 길을 안내하는 꼴이 되기 때문에 현장에 나갈 수 없다는 말이 과연 정답일까요?

아직 부족하기 때문에 나설 수 없다는 논리가 타당해 보이지만 실제는 공허합니다. 왜냐하면 이 세상에 부족하지 않은 사람은 없습니다. 붓다도 홀로는 완전할 수 없습니다. 깨달아야만 현장에서 무엇인가를 할 수 있다는 논리는 매우 양심적이고 겸손하고 합당해 보입니다. 하지만 깨닫지 못했기에 깨달은 다음에 뭔가를 하겠다는 사고엔 깨달음에 대한 왜곡된 이해와 인식이 자리잡고 있습니다.

결국 극단적으로 현실에서 떠나 은둔하여 지난 50년 동안 참선에 골몰하는 것이 최고의 길로 인식되었습니다. 문제의 심각성은 그동안 그 많은 사람들이 참선에 골몰했음에도 우리가 희망하는 깨달은 사람이 안 나온다는 점입니다. 언제까지 그 궁색한 논리를 믿고 기다려야 할까요? 계속 기다리는 것이 옳다고 한다면 결국 불교는 오늘의 종교가 아니라 먼 훗날을 위한 종교라는 결론에 도달하게 됩니다. 참으로 심각한 일이 아닐 수 없습니다.

선불교는 논리의 함정이 갖는 병폐로 넘어서기 위한 실천입니다. 한 예로 때론 언어논리보다는 회초리 한 대가 더 효과적인 경우가 있습니다. 그렇다고 아무때나 회초리를 든다면 그것은 더 큰 부작용을 자초하게 됩니다.

오늘의 선불교 논리 속엔 시도때도 없이 회초리를 써야 된다는 사고가 일반화되어 있습니다. 매우 위험합니다. 함부로 사용하는 회초리는 심각한 독으로 작용합니다. 언어는 어지간하면 쉽게 보편화될 수 있습니다. 말로 하는 것은 논리적으로 보편화되더라도 부작용이 적습니다. 그런데 회초리를 보편화시켜놓으면 부작용이 굉장히 심각해질 수 있습니다. 특수한 상황에서나 들어야 할 회초리를 우리 한국의 선불교는 보편화시켜버렸습니다.

붓다는 출가하기 전에 낳았던 아들인 라훌라도 출가를 시킵니다. 그런데 철없는 라훌라가 장난을 너무 심하게 칩니다. 거짓말도 많이 합니다. 하도 말썽을 부리니까 붓다는 라훌라를 불러다가 대야에 물을 담아 발을 씻으라고 합니다. 발을 다 씻은 다음에 이 물 먹을 수 있겠냐 하니, 라훌라는 먹을 수 없다고 합니다. 왜 못 먹겠느냐 물으니, 발을 씻어서 더러운 물이니까 먹지 못한다고 대답합니다. 그럼 가서 버리고 오라고 합니다. 라홀라가 물을 버리고 오니 이번에는 이 그릇에 밥을 담아 먹을 수 있겠냐 묻습니다. 라홀라는 먹을 수 없다고 대답합니다. 발을 씻은 물을 담은 더러운 대야니까, 그렇다고 합니다.

그러니까 붓다는 발로 대야를 탁 찹니다. 대야를 탁 차면서 너도 계속 말썽부리면 구정물이 내버려지듯이, 발 씻은 그릇이 발로 차이듯이, 그렇게 취급받는다고 엄숙히 말합니다. 고의로 거짓말을 하고도 부끄러워하지 않는 사람은 수행자의 공덕을 내버리는 것과 같고, 수행자의 공덕을 뒤집어엎는 것과 같고, 마침내 수행자의 공덕은 텅 비게 된다고 말합니다. 이 특수한 상황을 매번 보편화시킬 수는 없습니다. 말썽을 부릴 때마다 대야를 찰 수는 없는 노릇입니다.

이런 사례는 붓다가 계율을 제정한 경위만 보아도 확인이 됩니다. 붓다는 계율을 이렇고 이런 문제가 생길 것이라고 미리 짐작해서 제정하지 않았습니다. 현장에서 어떤 문제가 일어났을 때, 그때마다 계율을 제정합니다.

출가수행자는 병든 다른 출가수행자를 간호해야 한다는 규칙이 있습니다. 한번은 붓다가 출가 비구들의 방사를 둘러보다가 병든 비구를 보게 됩니다. 그리고 묻습니다. "너는 무슨 병에 걸렸느냐?" 비구가 "이질에 걸렸습니다" 하니까, "너를 간호하는 사람이 있느냐"고 되묻습니다. "간호하는 사람이 없습니다"는 비구의 말에 "왜 비구들이 너를 간호하지 않느냐"고 물으니, 병든 비구는 "저는 비구들에게 아무 도움도 되지 않기 때문입니다"라고 대답합니다.

비구의 말을 들은 붓다는 시자인 아난다에게 비구를 목욕시켜야겠다면서 물을 떠오게 하고 직접 목욕을 시킵니다. 그렇게 해서 환자를 침상에 누이고 난 뒤, 너희들은 (출가해서) 돌보아줄 부모도 없으니 서로 돌보고 간호하지 않는다면 누가 돌보겠느냐면서 환자를 돌보지 않는 것은 잘못을 범하는 것이라고 계율을 제정합니다.

이처럼 수행이나 깨달음도 구체적인 현장에서 실제 문제를 중심으로 다루는 관점이 중요합니다. 뿐만 아니라 우리 삶의 모든 과정에서도 구체적 현장의 문제로 접근하는 관점이 필요합니다. 특수한 상황을 보편화시켜서 고정관념에 빠지지 않는 것, 이것이 바로 선(禪)적인 사고의 핵심이라고 할 수 있습니다. 가끔은 미완성이라도 괜찮습니다. 우리는, 우리가 살아가는 일상 속에서 삶의 규칙을 만들어야 합니다. 우리의 인생을 계획표대로 움직일 수는 없는 노릇입니다. 삶 속에서 만나는 문제들을 하나하나 해결해가면서 삶을 온전히 다룰 줄 알아야 합니다.

삶이
몸에 안 맞는다 할지라도…

깨달아야 모든 문제가 해결된다고 생각했을 때가 있었습니다. 내 안의 문제를 풀지 않고서는, 다른 어떠한 일도 시작할 수 없다고 생각했습니다. 이 문제에 대한 해답을 찾는 몸부림은 오랫동안 계속됐습니다. 그런 와중에 나는 선방을 들어가고 나오는 것을 반복했습니다. 어려서부터 나에게 익숙했던 불교 안에서 해결 방법을 찾고 싶어 선방을 찾아갔습니다. 해답을 찾는 최고의 길이 참선이라 생각했습니다. 그 해답은 깨달아서 붓다가 되어야만 나온다고 생각했습니다.

가장 힘들었던 것은 수행과 삶이 통일되지 않을 때였습니다. 어떻게 이론과 실천, 수행과 삶을 통일시킬 것인가에 대한 생각이 끊임없이 화두처럼 따라다녔습니다. 스스로 승복할 수 있는 답이 도무지 나오지 않았습니다. 다른 사람을 설득하기 이전에 스스로를 설득할 수 있어야 하는데 만족할 만한 대답이 나오지 않으니까, 그것이 가장 어려웠습니다. 선방에 가서 참선을 하더라도 만족스런 답이 나오지 않았습니다. 선방을 나와 한참을 생각해보아도 수행과 삶, 이론과 실천이 통일적으로 만족할 만하게 정리되지 않았습니다.

그 과정에서 나름대로 이 문제에 대해 정리한 게, "본래 부처이니, 지금 당장 부처로 살자"는 것입니다. 앞서 말한 그런 오랜 고민의 과정에 이론과 실천, 수행과 삶을 통일시키기 위한 논리로 만들어진 것입니다. 이런 생각을 품은 게 불과 10년 정도 전의 일입니다. 스무 살에 품었던 고통스러운 화두의 일단을 나이 50대가 돼서, 완전하지는 않더라도 그렇게나마 큰 문제는 조금 정리한 셈입니다.

그러니까 오랜 세월을 삶 따로 수행 따로, 이론 따로, 실천 따로의 상태를 온전히 극복하지 못한 것입니다. 직설적으로 말하자면 나 자신이 승복할 정도로 성숙되지 않은 상태에서 잘 모르는 이야기를 계속해야 했습니다. 그래도 명색이 스님이라고 가슴은 답답하면서도 후배들이나 신도들에게 위엄을 부리며 불교 지식이나 전하며 살았습니다. 누군가에게 얘기할 때는 그래도 확신하면서 이야기해야 하는데, 나 자신도 긴가민가하면서 말하고 다녔습니다. 그러면서 안으로는 늘 답답하고 아파했습니다. 다리를 꼬고, 가부좌를 틀고 앉아서 참선할 때는 그럴듯한데, 이게 문 밖을 나서면 완전히 엉망이 되어버렸습니다.

어떤 때는 균형론으로 접근해보고, 어떤 때는 절충론으로 접근해보면서 신통한 방법을 꾸준히 현장의 구체적 조건 속에서 찾으려고 노력했습니다. 그전에는 10시간 참선만 하자는 주의였는데, 1시간 참선하고 1시간 일해보자는 균형론으로 접근하기도 했습니다. 그래도 수행과 삶은 통일되지 않았습니다. 그래서 절충해서 3시간 참선하고 3시간 일하고 3시간 경전을 보고 3시간 활동해보았습니다. 그런데 이것도 시원찮았습니다. 참선 이외의 시간에도, 일할 때도, 경전 공부할 때도, 활동할 때도 모두 그 자체가 수행이 되어야 할 텐데 수행과 삶, 이론과 실천이 괴리되는 문제는 이렇게 씨름을 하는데도 불구하고 쉽게 풀리지 않았습니다

다음으로 생각한 것이, 문제를 해결하는 데 직접적으로 도움이 되는 길이 아니라 하더라도 나에게 주어진 조건 속에서 수행과 삶

이, 이론과 실천이 통일될 수 있도록 해야겠다는 것입니다. 그 계기는 전혀 뜻하지 않게 찾아왔습니다. 내키지 않았음에도 금산사 부주지로 큰절 살림을 맡게 되었을 때였습니다. 그때에 어디 좋은 길이 있다고 찾아다닐 게 아니라 나에게 주어진 조건 속에서 수행과 삶이, 이론과 실천이 통일되도록 문제를 다뤄보자고 입장을 바꾸어본 것입니다.

그 뒤로 개혁적인 스님들의 결사체인 '선우도량'도 조직해서 활동하고, '인드라망생명공동체'라는 불교단체를 만들고, 범사회적으로는 '생명평화결사운동'도 시작했습니다. 이 과정 속에서 아쉬움이 없지는 않습니다. 그리고 완전하다 할 수도 없습니다. 그러나 삶과 수행이 삶으로 통일될 수 있도록 하는 관점이 스스로 납득이 되고 승복할 수 있을 정도는 정리되어갔습니다.

삶이 몸에 안 맞는 옷처럼 불편할 때가 있습니다. 그렇다고 삶을 벗어버리거나, 바꿔 입을 수는 없는 일입니다. 나는 언제나 두 가지를 명심하며 살아갑니다. 하나는 현실에서 존재의 실상을 있는 그대로 보고 그 내용에 따라 생각하고 말하고 행동하라는 여실지견(如實知見)입니다. 그리고 다른 하나는 자신이 행동하는 대로 이루어지므로 언제나 주체적이고 창조적으로 삶을 살아가야 한다는 것입니다. 실상을 있는 그대로 직시하고 언제나 직접 법의 길, 다르마(진리)의 길을 가면 그만큼이 바로 붓다의 삶이 됩니다. 깨달음은 먼 훗날의 문제가 아니라 지금 당장 실천되어야 할 내용입니다. 본래 붓다론으로 접근할 때 삶과 수행, 깨달음과 수행의 문제가 통일적으로 해결되고 실천됩니다. 본래 붓다이기 때문에 붓다가 되려고 하는 마음 자체가 전도몽상입니다. 불교는 지금 여기의 가르침입니다. 망설일 것 없이 당장 붓다로 살고 행동하는 것이 진정 참다운 불교입니다.

사람들은 스님들이 어떤 인연으로 출가를 하게 되었는지에 대해 종종 묻고는 합니다. 아마도 많은 경우 고승들이나 사회적으로 유명한 스님들의 범상치 않은 출가에 얽힌 일화가 널리 알려져 있는 탓인가 봅니다. 나의 출가는 밋밋하고 특별한 게 없습니다. 진리를 향한 구도열이 있었던 것도 아니고 사무친 괴로움이 있어서 그것을 풀고자 주체적으로 나서서 출가한 것도 아닙니다. 또 현실이 너무 힘겨워서 어디론가 도망치고자 선택한 것도 아니었습니다. 드라마틱한 출가가 내게는 없었습니다.

나는 1967년경, 18살 때 김제 금산사와 인연이 닿아 그곳의 월주 스님을 은사로 출가했습니다. 월주 스님은 조계종 총무원장을 두 번 지냈고, 불교의 사회적 역할에 관심이 많은 분이라 임기 중에 '깨달음의 사회화운동'을 주창해서 불교의 사회화에 특별한 노력을 했던 분입니다.

나의 출가는 시시했습니다. 특별한 생각 없이 출가가 뭔지도 모르고 출가했습니다. 아버지는 제주 4·3항쟁 때, 형님 두 분과 어머니, 그리고 어머니 배 속에 나를 남겨두고 세상을 떠났습니다. 살기가 팍팍했던 어머니는 절에 가서 빌기도 하고 용하다는 점쟁이 찾아서 점괘도 봤습니다. 그러다 어느 노보살님을 만나서 미륵신앙을 알게 되었고 미륵신앙의 성지라고 할 수 있는 금산사 인근으로 아예 이사를 가게 되었습니다.

어머니는 노보살님과 신앙생활을 하고 금산사에 가끔씩 참배하러 다니며 지냈습니다. 어머니는 그 과정에서 노보살님으로부터 "막내는 중 만드는 게 좋겠다"라는 말을 들었습니다. 그런저런 인연들로 집안 식구들은 막내의 출가를 당연하게 여기는 분위기였습니다. 그렇다고 노골적으로 권하지는 않았습니다. 집안 분위기 따라 나도 그냥 자연스럽게 나중에 크면 스님이 되는 게 당연한 거구나, 하며 지냈습니다.

그 당시에는 출가 생활에 대해서 스님들은 무엇을 어떻게 하며 살아가는지에 대한 정보가 거의 없었습니다. 경전도 거의 다 한문이었습니다. 겨우 접할 수 있는 게 원효대사, 사명대사에 관한 소설 정도였습니다. 소설을 읽으며 생각해보니, 스님이 되는 것도 괜찮겠다는 생각이 들었습니다. 보통 사람들이 인연 따라 무엇인가가 된다고 그러는데, 나는 자의 반 타의 반 그야말로 인연 따라, 자연스럽게 출가하게 된 것입니다.

지금 돌이켜보면, 어머니는 나를 학교에 보낼 생각을 하지도 않았고, 나도 학교를 가려는 욕심이 없었습니다. 무엇인가를 꼭 하고 싶은데 못 할 때 오는 좌절감을 모른 채 살았습니다. 그때까지도 주체적인 의식이 없었습니다. 그저 주어진 인연대로, 가난하면 가난한 대로, 학교를 안 가면 안 가는 대로 살았습니다. 태어날 때부터 아버지가 안 계셨지만 그것이 문제가 되거나 아픔으로 남아 있는 기억이 거의 없었습니다. 불만스런 생각도 없었습니다. 그냥 그런가보다 하며 별 문제의식 없이 인연 따라 지내왔습니다.

출가한 지 2년이 돼서 어머니가 위독하다는 연락을 받게 되었습니다. 그때 비로소 죽음에 대한 주체적인 문제의식을 갖기 시작했습니다. 비로소 내 인생을 주체적으로 생각하기 시작한 것입니다. 그전에는 그냥 어른들 시키는 대로 인연 따라서 흘러가는 대로 지냈는데, 스무 살이 돼서, 어머니가 위독하심을 접한 것이 계기가 되어 주체적인 문제의식을 갖기 시작했습니다.

　"인간은 태어나면 반드시 죽는다."
　"별별 짓을 해도 80년이면 모든 인생이 끝난다."
　"허무한 인생, 아웅다웅 안달복달 살아야 할 이유가 뭘까."
　인생에 대한 원초적 의문과 회의, 존재에 대한 근본적 허무감이 시작된 것입니다. 그 회의에 대한 해답을 찾지 않고는 도저히 살 수가 없었습니다. 그래서 너무 고통스러웠습니다. 그 처절한 허무감을 어찌할 길이 없었습니다. 그래서 금산사 큰절에서 뛰쳐나왔습니다.
　도저히 견딜 수가 없었습니다. 인생의 근원적 문제에 부딪치고 나니까 가만히 있을 수가 없었습니다. 누군가 칼로 난도질한 것처럼 속이 쓰리고 또 쓰렸습니다. 가슴속을 다 도둑 맞은 것처럼 텅 비어서 서늘했습니다. 너무 괴로워서 이런 인생을 도저히 못 살겠다 싶었습니다. 어떤 해결책이 있어야 했는데 어찌해야 좋을지 종잡을 수가 없었습니다. 그야말로 미치고 환장할 노릇이었습니다. 그래서 금산사를 뛰쳐나와 해인사를 찾아갔습니다.

그때 해인사에선 성철 스님이 여러 스님들 앞에서 대중법문을 했습니다. 전 총무원장이셨던 지관 스님도 계셨고, 무소유로 유명한 법정 스님도 계셨습니다. 법정 스님은 당시 한글로 된 붓다의 생애를 강의하고 있었습니다.

그 시절, 나도 매일같이 강의를 듣고 법문을 듣고 살았습니다. 그 강의와 법문의 마지막 결론은 결국 참선해서 도를 깨달아야 인생의 문제가 해결된다는 내용이었습니다. 그 어떠한 것도 소용이 없으니 오로지 참선을 해서 깨달아야 모든 문제가 해결된다는 것이 한결같은 결론이었습니다.

아무리 묻고 물어도 나는 답답하기만 했습니다. 졸업 4개월을 남겨두고 해인사 강원에서 나왔습니다. 강원 졸업하는 것이 아무 의미가 없었습니다. 그때가 동국대 총장까지 지내셨던 지관 스님이 해인사 강원의 강주로 계시다가 강의를 그만두고 동국대 교수로 올라간다고 하여 강원이 좀 혼란스러울 때였습니다. 그 무렵 나도 아무런 의미 부여도 되지 않은 강원 생활을 접었습니다. 그러고는 참선해서 도를 깨닫기 위한 준비작업으로 조계종 종정을 지내신 법전 스님이 주석하고 계셨던 김천 수도암에 가서 백일기도를 시작했습니다.

그 이후부터 10여 년 정도를 전통적인 선방에 들어가 화두를 들고 참선하는 것에 집중했습니다. 나름 치열하게 몸부림쳤지만 어떤 깨달음이 이루어지지 않았습니다. 답답함이 풀리기는커녕 더 숨막혀 죽을 지경이었습니다. 나만 그런가 했는데 알고보니 선배, 도반, 후배들도 대부분 비슷했습니다. 심각한 좌절과 회의를 갖게 되었습니다. 처절한 좌절감과 회의를 안고 선방에서 빠져나왔습니다. 이렇게 해보고 저렇게 해보고, 지금까지 새로운 길을 찾아다니게 되었습니다.

　나는 그때 붓다처럼 깨닫는 것에 목숨을 걸었습니다. 그 길만이 유일한 길이요, 최고의 길이며, 만사형통의 길이라고 믿었습니다. 깨달은 자가 되지 못해서 한이 맺혔던 것 같습니다. 그 길 말고는 어떠한 길에도 의미부여를 할 수 없었습니다. 그렇게 될 수밖에 없었던 이유는 간단합니다. 인생에 대한 원초적 허무와 회의, 존재 이유와 가치에 대한 근원적 회의 때문에 너무 고통스러웠습니다.

　그 고통에서 벗어나려면 깨달아야 하고, 깨달으려면 참선밖에 길이 없다고 생각했습니다. 허무의 심연이 참으로 깊었습니다. 지금은 그 맺힘과 응어리가 많이 풀어졌습니다만, 지금도 문득문득 내 삶에 중요한 영향을 주는 상흔처럼 남아 있습니다. 그때에는 허무와 회의의 문제를 풀지 않고는 살아갈 이유를 찾을 수가 없었습니다. 존재의 이유와 가치, 허무와 회의의 문제를 해결하는 일 자체가 내 인생의 존재 이유요, 가치였습니다. 그땐 참으로 사무치게 절절했습니다. 지금 생각해보면 도저히 견딜 수 없었던 그 과정들을 거쳐 결국은 지금의 내 인생살이가 이루어진 것입니다.

그 무엇도 내 삶을 대신할 수 없습니다. 슬픔도 아픔도 실망도 좌절도 기쁨도 따뜻함도 희망도 성공도 모두 삶의 바다에서 출렁거리는 파도입니다. 그 모든 것을 거름으로 삭여내고 새로운 희망의 삶을 가꾸어내는 것은 온전히 자신의 몫입니다. 그러기 위해서는 문제와 정직하게 마주할 수 있는 용기와 근성이 필요합니다. 용기와 근성은 언제나 현장의 경험을 통해 이루어집니다.

가장 절실한 것은
어디에 있을까

우리는 한 목소리로 말합니다. 삶이 평화롭고 행복한 사회로 발전하기 위해서는 공존과 균형을 이루며 가야 한다고. 그러나 현실은 극단적인 불신과 대립의 연속입니다. 이기느냐 지느냐, 뺏느냐 빼앗기느냐 하는 관계가 오랫동안 지속되고 있습니다.

죽이고 죽임을 당할 수밖에 없는 만인 대 만인의 싸움판입니다. 너 죽고 나 살자는 식의 야만의 법칙이 일상을 지배하고 있습니다. 참으로 살벌합니다. 사람 사는 세상이라고 볼 수가 없습니다. 침착해야 합니다. 차분하게 실재 삶을, 실재 현실을 직시해 봐야 합니다. 세상은 어차피 같이 살도록 되어 있는 만큼 반드시 함께 살아야 합니다.

같이 살려면 서로 인정해야 하고, 또 균형을 이루어야 합니다. 내가 '생명평화'라는 화두를 내세우게 된 것은 이런 상극의 문화를 넘어 인간적인 생명살림, 평화살림의 문명으로 전환해야 된다는 염원에 따른 것입니다. 적어도 한반도 우리 민족단위 안에서만큼은 생명살림, 평화살림의 문명을 확립해야 한다는 바람이 있습니다.

삶에 있어서 가장 현실적인 것, 가장 구체적인 것, 가장 사실적인 것, 가장 직접적인 것, 가장 절실한 것, 가장 중요한 것, 가장 고귀한 것이 있다면 그것이 무엇이겠습니까. 아무리 확인하고 또 확인해도 결론은 내 생명, 그대의 생명, 우리의 생명입니다. 생명보다 더 현실적이고 구체적이고 사실적이고 직접적이고 절실한 것이 어디 있겠습니까.

모두, 이 한목숨 살자고 살고 있습니다. 안전하고 건강하게, 평화롭고 행복하게 살자고 하는 것입니다. 생명의 문제는 특별하고 거창한 문제가 아닙니다. 바로 지금 여기에서 가장 현실적이고 직접적이고 절실한 네 생명, 내 생명의 문제입니다.

삶에서 가장 큰 문제, 가장 중요한 것이 본인의 생명인데 불행하게도 우리는 본인의 생명이 어떻게 생겨먹은 존재인지, 어디 어떻게 존재하고 있는지 거의 관심이 없습니다. 인류가 여기에서 길을 잃고 있습니다. 불교적으로 말하면 '존재의 실상' '생명의 실상'인데, 내 생명의 실상 그리고 내가 만나고 있는 그대 생명의 실상을 전혀 모르고 동분서주하고 있는 것입니다.

온 우주와 바꿀 수 없는 유일무이한 그대의 생명이 어떻게 이루어진 존재입니까. 그대의 생명이 살고 싶은 평화로운 삶을 살려면 어떻게 살아야 하겠습니까. 온 우주는, 우리 모두의 생명은, 온 우주의 그 모든 것들은 그물의 그물코처럼 서로 의지하고 도움과 영향을 주고받는 법칙으로 이루어지고 존재하고 있습니다. 그러므로 우리는 그 우주의, 생명의, 존재의 법칙에 따라 서로를 인정하고 존중하고 감사하는 삶을 살아야 합니다. 진리가 그러하기 때문입니다.

생명의 법칙인 그 진리에 따라 상대를 존중하고 배려하는 건 상대를 위해서가 아니라 나를 나답게 하는 것입니다. 나의 품위를 높이기 위해서라도, 인간적 품위를 빛내기 위해서라도 너의 가치를 인정하고 존중하고 배려할 때, 나의 존재의 품위도 빛나게 된다는 것을 생명의 실상을 통해 알 수 있습니다. 상대를 사랑함으로써만 자신을 사랑하는 것이 가능합니다. 너를 사랑하지 않고 자신을 사랑할 수 있는 길은 없습니다.

현대인들의 가장 근본적이고 심각한 문제는 자기 자신에 대해 관심을 갖지 않는 것입니다. 온통 자기 중심의 이기적이고 감각적인 즐거움에만 관심이 있고 정작 자기 존재가치에는 전혀 무관심하고 무지합니다. 자기 자신에 대해 관심이 없으니 자기 자신을 당연히 모릅니다. 자기 자신을 잘 모르니 자기 인생을 제대로 살 수도 없고, 당연히 인생이 제대로 될 턱이 없습니다.

그럼 자기 자신에 대해 관심을 갖고 있다는 것은 무엇일까요? 자기 중심의 이기적 욕망이 아니라 자기 존재 가치에 대해 관심을 갖는 것입니다. 대부분 이기적이고 이기적 욕망에 마음 쓰는 것을 자기 자신에 대한 관심이라고 생각하고 이기적 욕망을 추구하며 실현하는 것이 자기를 사랑하는 것이라고 착각합니다.

심지어는 이기적 욕망을 실현하는 것이 행복이라는 확신으로 인생을 소모하고 있습니다. 참으로 한심합니다. 생명의 법칙과는 정반대의 길인 자기중심의 이기적 관점의 삶을 불교에서는 전도몽상의 삶이라고 합니다. 부질 없는 짓 또는 고통과 불행의 함정을 파는 일이라고 합니다. 굳이 불교가 세상에 있어야 할 이유는 바로 사람들로 하여금 자기존재의 가치에 눈 뜨게 하는 것입니다.

현대 자본주의 사회의 가장 심각한 문제도 바로 사람들로 하여금 존재가치에 관심을 갖게 하는 게 아니라 온통 자기의 욕망을 끊임없이 자극하고 확대시키고, 그것을 충족시키는 행동이 좋은 일이고, 그것이 충족되면 행복하게 된다는 착각을 확대재생산하는 것에 있습니다. 역사는 말하고 있습니다. 이기적이고 감각적인 욕구를 충족시킴으로써 행복해지려고 하는 것은 불로 불을 끄려는 것처럼, 죄를 죄로 씻으려는 것처럼 절대 길이 될 수 없습니다.

소크라테스는 일찍이 "너 자신을 알라"고 이야기했습니다. 성인들의 가르침에 귀를 기울여야 합니다. 그럼 어떻게 해야 할까요. 여러 방법이 있겠지만 불교에서는 중도로 풀어가야 한다고 가르칩니다. 요즘 식으로 한다면 과학적으로 풀어야 한다고 할 수 있습니다. 과학은 구체적 사실과 진실을 확인해가는 과정입니다. 생각이나 말이나 글을 쫓아다니는 것이 아니고 구체적인 사실과 진실, 실재의 내용과 모습을 확인하는 것입니다.

생명이란 말을 대개들 다 추상적이고 거창하다고 생각합니다. 평범한 사람들이 다룰 수 없는, 뭔가 고상하고 특별한 주제라고. 그런데 과학적으로 접근해보면 생명이라는 문제는 결코 거창한 문제도 아니고, 추상적인 문제도 아니고, 특별한 문제도 아니고, 바로 지금 여기 자신의 문제입니다.

에리히 프롬의 표현을 빌리면, 소유가치를 중심에 놓고 삶을 살아갈 것인가, 존재가치를 중심에 놓고 살아갈 것인가의 문제입니다. 소유는 이기적 욕망입니다. 소유가치를 중심에 두면, 결국은 돈을 얼마나 가졌는지에 따라서 그 사람의 가치를 평가하게 되고, 어느 학교를 나왔느냐에 따라 그 사람의 품행을 따지게 됩니다. 그러나 존재가치를 중심에 두게 되면 무엇을 소유했느냐는 지엽적이고 2차적인 문제일 뿐입니다.

우주적 존재인 생명, 그 무엇보다도 우선하는 가치인 생명의 존재인데, 그런 것들이 무슨 대수이겠습니까. 현재 우리는 소유가치를 중심에 놓고 삶을 다루고 있기 때문에 삶의 문제들이 해결이 되지 않는 것입니다. 소유가치를 중심에 놓고 삶을 다루는 한 이 악순환은 되풀이될 수밖에 없습니다.

생명의 존재가치를 중심에 놓아야 합니다. 존재의 실상은 따로이면서도 한몸입니다. 오른 손등에 난 종기는 오른손 스스로는 절대 해결하지 못합니다. 반드시 왼손이 도와줘야 합니다. 그렇게 할 수밖에 없도록 되어 있는 것이 세상의 진리입니다. 그렇게 해야만 되도록 되어 있는 것이 생명의 진리입니다. 그런데 사람들은 홀로 내 문제를 해결할 수 있다는 착각에 빠져 살고 있습니다. 누구도 홀로는 못 삽니다. 붓다도 마찬가지입니다. 가장 절실한 것은 존재의 실상, 생명의 실상 즉 자기 본래 모습에 눈 뜨는 일입니다.

그 누구, 그 무엇, 그 어디, 그 언제가 아니라 지금 바로 직면한 자기 자신의 실상을 직시해야 합니다. 자신의 실상, 자기 본래 모습을 사실대로 파악하고 이해하면 그곳에 길이 있고 그곳에 희망이 있습니다. 주체적으로 그곳에서 생명의 법칙인 진리의 정신에 따라 삶을 창조해야 합니다. 그 길밖에는 없습니다. 다른 길은 없습니다.

혼자 해결할 수 있다는 착각에
우울해진다

우리는 언제나 숨을 쉬며 살고 있습니다. 그러나 혼자 숨쉴 수 있나요? 나무와 바람, 하늘과 땅이…… 온갖 것이 제자리에서 역할을 하고 있기 때문에 숨 쉬는 것이 가능합니다. 그 어디, 그 누구도 분리독립되어 홀로 살아갈 수 없습니다. 엄연한 실재입니다. 삶의 실재를 사실대로 표현하는 것이 불교의 핵심 가르침인 연기론(緣起論)입니다. 온 세상, 모든 존재들이 서로 의지하고 도움을 주고받는 관계로 존재하고 있다는 뜻입니다.

우리는 흔히 혼자 할 수 있다는 착각에 빠져 삽니다. 그야말로 망상에 사로잡혀 있는 것입니다. 인생의 문제를 혼자서 해결할 수

있다는 말은 거짓입니다. 내 인생의 문제를 혼자 해결할 수 있다는 생각을 바탕으로, 자본주의사회니까 돈만 준비하면 내 인생의 노후문제는 해결된다고 믿고 있습니다. 과연 외로움에 대한 불안과 죽음에 대한 두려움이 돈으로 해결되겠습니까?

서로 믿을 수 있는 관계의 정상화가 삶의 문제를 해결하는 해답이라는 철학을 사람들이 가지고 있지 못합니다. 너는 너대로 나는 나대로 존재하는 것이 해답이라고들 착각하고 있습니다. 그냥 각자 살아남자는 생각으로는 무엇도 해결할 수 없습니다. 왜냐? 누구도 홀로 살 수 없기 때문입니다.

붓다는 관계로 이루어진 세계의 실상에 눈을 뜬 것입니다. 그 내용을 개념화시킨 것이 연기론, 연기적 세계관, 연기적 존재입니다. 그런데 존재의 법칙인 연기의 진리를 믿는다는 불교인들마저도 입으로는 매일 연기를 말하면서, 실제는 자기중심의 이기적 사고에 사로잡혀 있습니다. 하물며 여타의 사람들은 어쩌겠습니까.

예를 들어보겠습니다. 평소 한 사람의 한 달 생활비가 100만원이면 5인이 각자 살아가는 데, 5백만원이 들어갑니다. 만일 존재의 법칙에 따라 5인이 믿을 수 있는 관계를 형성하여 가족처럼 살면 어떨까요. 한 달에 3백만원이면 훨씬 풍요롭고 아름답고 행복하게 살 수 있을 것입니다. 반대로 각자 독립해서 산다고 하면, 따로따로 밥을 해먹어야 하니 밥솥을 5개 사야 합니다. 다른 살림살이도 마찬가지입니다. 우리 사회는 온통 내 것으로 만들고 쌓아놓아야만 문제가 해결된다는 강박증에 시달리고 있습니다. 대단히 소모적입니다. 정말 우리가 중요하게 해야 할 일은 신뢰할 수 있는 관계의 회복입니다. 신뢰할 수 있는 관계를 확립하는 것이 기본이 되어야 우리의 오늘과 미래가 희망적일 수 있습니다.

생명의 실상, 존재의 실상, 관계로 존재하는 모습에 눈을 뜨고 감수성을 키우려면 자연과 함께 현장에서 몸을 쓰는 활동이 중요합니다. 온 몸을 쓴다는 것은 건강을 위해서나 미용을 위해서가 아니라 생명이 온전하게 존재하도록 하는 활동입니다. 온 몸을 쓰는 활동을 할 때 생명의 법칙인 관계를 보는 안목과 감성을 갖게 됩니다.

우리는 내 문제를 자꾸 내 안에서만 해결하려고 하는데, 사실 내 문제는 내 안에서 해결되지 않습니다. 연기론적 세계관, 관계론적 세계관으로 보면 그렇습니다. 나와 관계된 상대의 가치를 인정하고 존중하고 배려하고, 그 가치가 빛날 수 있도록 내가 노력하는 과정 속에서 나의 문제가 치유되고 해결됩니다. 마치 자식이 행복하면 엄마가 행복해지는 것처럼, 타인을 행복하게 하면 자연스럽게 나에게도 행복이 찾아옵니다.

중 제 머리 못 깎는다는 속담이 있습니다. 속담은 경험적 진리입니다. 그런데 우리는 정반대로 내 문제를 내 안에서 해결하려고 합니다. 그렇게 하면 스스로를 고립시키게 되고 심각하게는 우울증에 빠지게 됩니다. 관계로서 살아가는 것이 생명의, 존재의 실상, 실재의 모습이기 때문에 존재의 실상대로 사고하고 말하고 행동하며 살아갈 때 평화가 찾아오게 됩니다.

불교의 가르침은 거창할 게 없습니다. 생각으로, 지식으로, 말로 살지 말고 실재로 살라는 이야기입니다. 중도적으로 살아야 된다는 것입니다. 예를 들어, 자식이 밉고 원망스러울 때가 있습니다. 그런데 실제로 자식이 없으면 어떨까요, 실제로 자식이 없으면 정말 좋을까요? 생각이나 말로는 죽일 놈이라고 하지만 실제로 자식이 없으면 마음이 아플 것입니다. 그렇다면 생각이나 말로 삶을 살 것이 아니라 실재적으로 다루어야 마땅한 것입니다.

붓다의 유명한 예화가 있습니다. 외아들을 잃은 어머니 사건입니다. 외아들을 잃은 어머니가 거의 미칠 지경이 되어 붓다를 찾아와 아들을 살려달라고 합니다. 그러자 붓다는 대화 끝에 사람이 죽은 적이 없는 집을 찾아서 쌀을 얻어오면 내가 해결해주겠다고 합니다. 그 말을 들은 어머니는 마을로 내려가 집집마다 돌아다녔지만 아무리 다녀도 사람 죽지 않은 집을 찾을 수 없었습니다. 그 과정에서 태어난 자는 반드시 죽는다는 사실에 대해 눈을 떴습니다. 생명의 실상 즉, 진리를 알게 된 것입니다. 붓다의 가르침은 삶의 실상을 사실대로 직시하고 눈 뜨게 함으로써 문제를 풀어가도록 합니다.

이런 일화도 있습니다. 부잣집 청년들이 부부동반으로 소풍을 가기로 했습니다. 그런데 일행 중에 아직 결혼을 하지 않은 청년이 있었습니다. 그는 평소 알고 지내던 기생에게 부탁해서 함께 소풍에 참석했습니다. 신나게 마시고 취하며 놀았습니다. 그때 기생이 패물을 훔쳐 도망을 쳤습니다.

뒤늦게 정신을 차린 청년들은 기생을 찾아 숲속을 뒤지고 다녔습니다. 그러다가 붓다를 만났습니다. 청년들은 붓다에게 가서 도망가는 기생 못 봤냐고 물었습니다. 붓다가 기생을 찾는 게 더 중요하냐, 네 인생의 길을 찾는 게 더 중요하냐고 묻습니다. 그랬더니 부잣집 청년들은 인생의 길을 찾는 것이 더 중요하다고 대답합니다. 대화 끝에 청년들은 출가의 길을 걷게 됩니다.

이처럼 끊임없이 사실적으로 문제를 다루는 것이 문제를 푸는 것입니다. 불교는 끊임없이 관념으로부터 벗어나 주체적으로 있는 사실을 사실대로 직시하게 합니다. 사실과 마주할 때 삶은 명료해지고 답답한 가슴도 시원해집니다. 사실을 사실대로, 실상을 보아야 합니다. 불교의 사유방식, 진리의 사유방식, 중도의 사유방식으로 문제를 풀어가다보면 직면한 실상을 사실대로 본다는 결론에 이르게 됩니다. 그렇게 할 때 누구나 이해하고 실현하고 증명할 수 있게 됩니다.

우리는 소유에서, 소유를 통해서 해답을 찾으려고 합니다. 그것은 대단히 비인간적이면서 또 사회적 차원으로 볼 때 비경제적이고 비효율적입니다. 이런 사고방식은 내 인생을 나 혼자 해결할 수 있다, 나 혼자 해결해야 한다는 사고방식입니다. 실상이 홀로 살 수 없는 존재인데, 우리는 실상과는 어긋나게 많은 소유만 있으면 모든 문제가 해결된다고 믿고 있습니다.

소유를 통해서 내 인생 문제를 해결할 수 있다고 생각하지만, 실제는 어떤 인간도 홀로 삶을 해결할 수 없습니다. 붓다도 밥을 먹어야 합니다. 그런데 붓다가 먹는 밥을 누가 만드나요? 붓다도 산소를 호흡해야 되고, 물도 마셔야 되고, 햇빛도 쬐야 하고…… 생각해보면 이 세상은 혼자 할 수 없는 일들로 가득합니다. 온통 서로 의지하고 서로 주고받는 관계로 이루어져 있음이 너무나 명백합니다.

서로에 대한 신뢰와 애정의 관계를 생활화, 사회화해야 합니다. 그렇게 할 때 삶의 문제가 인간적으로 해결됩니다. 전통적으로 볼 때, 관계의 세계관이 반영된 경우가 바로 이웃사촌과 품앗이로 설명되는 마을 공동체입니다.

열 사람이 이웃하여 살고 있다고 생각해봅시다. 여기에 신뢰와 애정만 있다면, 누군가가 아파서 천만원이 필요할 때, 열 사람이 100만원만 내주면 됩니다. 동시에 다 병원가고 동시에 다 죽는 상황이 아니니까, 혼자 천만원 만들긴 어렵지만, 열 사람이 만들기는 쉬운 일입니다. 이 사람이 먼저 아프면 천만원 해결해주고, 다른 사람 아프면 또 천만원 만들어주고…….

이게 신뢰입니다. 신뢰하기 때문에 악착같이 노후를 준비해놓지 않았다 하더라도 크게 불안해 할 필요가 없습니다. 그런데 우리는 극단적으로 불신하고, 홀로 모든 걸 준비해야 합니다. 이 과정이 고달프고 너무 비인간화되어 있습니다. 관계의 핵심은 신뢰와 애정입니다. 신뢰와 애정이 없으면 관계라고 할 수 없습니다.

결국 우리는 신뢰와 애정을 갖고 살도록 되어 있습니다. 신뢰와 애정의 관계를 중심에 두고 모색할 때 우리가 풀어야 할 문제들이 풀리고 나아가 우리의 삶도 인간적 희망을 가질 수 있습니다. 삶, 그 존재 자체의 실상이 그러하기 때문에.

2부

지금 당장,
깨어 있기

보통 붓다가 깨달은 것이 무엇인가 물었을 때, 주로 '중도'를 깨달았다, '연기법'을 깨달았다고 얘기합니다. 그러나 더 중요한 게 있습니다. '중도를 통해서' 깨달았다고 하는 측면도 같이 생각해봐야 합니다. '중도를 통해서' 깨달았다는 것은 불교를 이해하는 데 대단히 중요한 고리입니다. 그러면 중도가 무엇일까요? 그것이 바로 팔정도(八正道)입니다.

팔정도는 고통을 끊는 해탈·열반의 삶을 이루는 여덟 가지 바른 길, 거룩한 길이라는 뜻입니다. 고통에서 벗어나 행복에 이르는 진리 8가지는 올바로 보는 것(正見), 올바로 생각하는 것(正思: 正思惟), 올바로 말하는 것(正語), 올바로 행동하는 것(正業), 올바로 생활하는 것(正命), 올바로 노력하는 것(正勤: 正精進), 올바로 기억하는 것(正念), 올바로 마음을 안정하는 것(正定)입니다.

깨달음에 이르는 바른 길은 감각적 쾌락을 구하는 데 있는 것도 아니고, 지나친 고행으로써 자신을 괴롭히는 데 있는 것도 아닙니다. 깨달음은 그 양 극단을 떠나 있다는 의미입니다. 유추해보면 붓다는 깨닫기 이전에 팔정도 말고 다른 건 다 해봤습니다. 정신통일의 세계도 가장 최고의 경지까지 해봤고, 고행 수련도 당시 고행자들의 최고 수준까지 해봤고, 또 왕자로서 궁궐에서 잔뜩 먹고 놀아도 봤고…… 다 해봤단 말입니다.

그러니까 특별하고 좋다는 것은 다 해봤는데 인생 문제에 대한 해답이 그곳에 없었던 것입니다. 요즘 도 닦는 사람들이 종종 얘기하는 유체이탈도 해보고, 전생도 보고, 내생도 보고, 삼매도 들어가 보고 다 했는데 거기 해답이 없더라 하는 것입니다. 해답이 없었기 때문에 기존의 지식과 신념을 모두 버립니다. 당시 상황으로 볼 때 기존의 지식과 신념 체계를 버린다는 것은 대단한 용기가 필요한 일입니다.

그야말로 붓다의 위대한 출가입니다. 그리고 붓다는 원점에서 주체적으로 직면한 삶의 실상에 대해 주의를 기울여 관찰하고 사유했습니다. 그 과정에서 연기법에 눈을 뜹니다. 붓다는 사람들이 신비하다, 특별하다, 거룩하다는 것들을 다 해봤는데 거기에도 답이 없었습니다. 온 세계를 다 돌아서 출발점으로 온 셈입니다. 날아 보기도 하고, 달려보기도 하고, 별별 짓을 다 해보고 도달한 결론이 팔정도인 것입니다.

이 팔정도의 요지가 무엇일까요? 팔정도를 복잡하게 생각할 필요가 없습니다. 팔정도의 요지는 '직면한 사실을 잘 봐라'입니다. 문제를 잘 보라는 얘기입니다. 존재 자체를 잘 보면 누구나 이해하고 실현하고 검증되는 진실이 있다는 것입니다. 그야말로 삶의 과학이라고 할 수 있습니다.

우리 사회에서 전도몽상의 정점에 있는 대표적인 그릇된 생각이 무엇일까요? '1등'과 '부자'입니다. 1등만이 희망이고 부자가 되면 행복하다고 하는 지식과 신념이 진리가 되어 있습니다. 물론 생각으로, 말로, 지식으로는 그렇다고 할 수 있습니다. 하지만 확인해 보면 새빨간 거짓말, 아주 위험한 거짓말, 대단히 나쁜 거짓말임이 확연히 드러납니다. 모두 1등이 되고 부자가 되면 공간적으로 자원적으로 인류의 문명이 유지될 수 없습니다. 그야말로 동반자살 하자는 이야기가 됩니다. '실재' '실상(實相)'으로서는 그것은 분명한 거짓말입니다.

이렇게 보나 저렇게 보나 1등이 희망이고 부자라 행복하다는 논리와 믿음은 전도몽상일 뿐입니다. 그런데 그 전도몽상에 우리 모두가 휩쓸려가고 있는 것이 아닐까요? 사실을 사실대로 정확하게 보고, 우리가 1등과 부자라는 허망한 환상을 쫓는다는 사실을 알게 되면 즉시 1등과 부자의 꿈에서 벗어나게 됩니다. 저절로 불만과 열등의식도 사라집니다. 삶이 편안하고 여유로워집니다. 제대로만 본다면 얽매이지 않을 수 있고, 나를 괴롭히지 않아도 된다는 것입니다. 누구나 다 되고 싶어 하는 '부자'도 마찬가지입니다. 부자의 실상을 정확하게 짚어보면 부자라는 환상에 매달려서 전전긍긍하는 우리가 바로 그 끈을 놓아버릴 수 있습니다.

정확하게 실상을 보는 것이 팔정도의 기본입니다. 그것은 티베트에 가야 할 일도 아니고, 히말라야에 가야 할 일도 아닙니다. 인도에 가야 할 일도 아닙니다. 내가 있는 현장에서 끊임없이 깨어 있으라는 얘기입니다. 지금 여기의 현장에서 주체적으로 작심하고, 직면한 삶의 실상을 잘 살펴 사실대로 이해하려고 정성을 다하는 것입니다. 특별하게 마음먹을 때만 깨어 있으면 안 되고, 숨 쉬듯이 되도록 하라는 것입니다.

그러나 막상 실상을 보려고 작심하면 쉽지 않습니다. 실상을 버리고 이미 누군가에 의해 주어진 지식과 신념으로 살아가는데 길들여져 있기 때문입니다. 습관에 갇혀 있고, 제도에 갇혀 있고, 관행에 발목 잡혀 있습니다.

『화엄경』과 함께 대표적인 대승불교 경전인『금강경』을 보면 '응무소주 이생기심(應無所住 而生其心)'이라는 대목이 나옵니다. 직역하면 "마땅히 머무는 바 없이 마음을 낸다"는 말입니다. 풀어 보자면 존재 자체가 변화하고 상황도 변화하는 것이니까, 어디에도 머물지 말고 즉각 새로운 마음을 내라는 주문입니다. 달리 말하면 늘상 주체적으로 깨어 있으라는 이야기입니다.

이것이 수행의 전부입니다. 그렇게 하면 과거로부터, 기성으로부터, 관행으로부터 자유로워집니다. 과거에서 벗어나 끝없이 새로운 창조를 할 수 있습니다. 달리 표현하면 끝없는 창조적 파괴를 통해 끝없는 쇄신과 변화를 이루는 것입니다. 사물의 실상을 보면 끝없이 썩고, 새롭게 탄생하고, 죽고 탄생하고, 죽고 탄생하고…… 끝없는 생성 변화의 연속이라는 것입니다.

심리적으로 끊임없이 생성이 변하는 것을 생주이멸(生住異滅)이라고 표현하고, 신체적으로는 생로병사(生老病死)라고 표현하고,

사물-공간적으로는 성주괴공(成住壞空)이라고 표현합니다. 실상이 그러하기 때문에 실상을 있는 그대로 보고 그에 합당하게 마음을 내야 한다는 말입니다. 죽을 힘을 다해 주체적으로 깨어서 실상을 직시해야 합니다. 또 하고 또 하고 꾸준하게 정진하면 점점 익숙해집니다. 숨 쉬는 것처럼 되도록 익히고 또 익히는 것이 수행입니다. 그곳에 길이 있고 희망이 있습니다.

　　지리산 산내면에 알고 지내는 거사 한 분이 있습니다. 어느 날, 아들이 강아지 한 마리를 데리고 와 키우기 시작했다고 합니다. 거사는 강아지가 질색이라고 합니다. 강아지 때문에 어디 마음 놓고 다니지도 못하니 신경질이 나서 죽겠다고 하소연을 했습니다. 아들과 부인은 강아지를 싫어하고 함부로 하는 자기를 한없이 미워한다며 불만을 털어놓았습니다. 없애버리려니 아들과 부인이 죽어도 안 된다고 하더랍니다. 그래서 거사를 앉혀두고 이런 얘기를 했습니다.

　　"개를 놓고 얘길 해보겠네. 어떤 이유가 되었든 간에 개에 대해서 미운 마음이 일어났네. 개에 대해 미운 마음을 일으킬 때 자네는 다른 어떤 존재도 아니고 개를 미워하는 존재일 뿐이네. 그 순간은…… 그러면 자네가 미워하는 존재로 있다고 하면 마음이 편하겠는가, 따뜻하겠는가, 여유롭겠는가, 흐뭇하겠는가, 평화롭겠는가. 또 자기로부터 미움 받는 강아지는 어떻겠는가. 당연히 밥도 제대로 안 주고 그럴 것인데, 미움 받는 강아지도 편하지도, 따뜻하지도, 여유롭지도, 평화로울 수도 없을 것이네. 결국은 미워하는 마음에 머물러 있는 한은 자네의 삶도 피폐하고, 강아지 삶도 피폐해서 자타가 다 고통스럽겠지.

반대로 만약에 강아지를 봤을 때 미운 마음이 난다면, 실상은 미운 마음을 일으키는 것은 다르마의 정신에 안 맞다, 법의 길이 아니다. 그래서 미운 마음이 일어나면 얼른 정신을 차려서 이게 아니지, 해서 미운 마음에 머물지 말아야 한다네. 저 강아지는 우리 도량에 온 부처님인데, 내가 다행히 부처님을 존중도 하고, 대접도 하고 그래야 되지, 하면 미운 마음을 버리고 자비로운 마음이 일어날 수 있다네. 개에 대해서 자비로운 마음을 내는 순간은 미운 마음을 냈던 존재로부터는 벗어나서 자비로운 마음을 낸 존재로 바뀌는 것이지.

자비로운 마음을 냈을 때 그 마음을 낸 존재는 당연히 편하고 따뜻하고, 여유롭고, 평화롭고, 흐뭇하지. 이렇게 자비로운 마음을 갖고 대하니까, 당연히 때맞춰 밥도 잘 주고 그럼 당연히 개도 편하고 따뜻하고, 여유롭고 그런 것 아니겠는가? 그러면 자타가 함께 좋은 일 아니겠는가? 불교 수행이라는 게 특별할 것이 없다네. 이 것을 어떻게 생활화할 것인가 하는 문제이지.”

　이렇게 이야기를 해도 거사는 자비심이 나지 않는다고 대꾸를 했습니다. 자비심은 저절로 나는 게 아니고 내야 되는 것입니다. 다르마의 길이 아닌 것은 피차의 삶을 피폐하게 만듭니다. 오랫동안 습관이 쌓여 제2의 천성이 된 미워하는 마음을 쉽게 바꿀 수가 없습니다. 지금부터 자비심이 되도록 만들어내야 할 것이기 때문입니다.

　절대 자비가 절로 나오는 게 아닙니다. 바짝 정신을 차리고, 자꾸 마음을 내야 합니다. 마음을 내고, 내고 또 내면 당연히 무르익을 수 있습니다. 무르익은 만큼 당연히 스스로도 편안하고 흐뭇하고, 개도 편안하고 흐뭇해집니다. 그러면 당연히 개를 키우고 싶어하는 아들도 좋아할 것이고, 덩달아 아들을 지켜보는 부인도 좋아할 것이어서 피차가 다 좋아지게 될 것입니다.

　이처럼 확신한 대로 그 길을 가지 않는다면 거사가 하는 참선,

염불, 기도도 헛것을 쫓는 일입니다. 자신과 세상을 녹이는 결과를 만들게 될 것입니다.

불교가 일반인들과 우리 사회에 어떤 의미로 다가가고 있을까요? 나는 요즘 불교가 일반인들에게 어떤 의미로 다가가고 있을지에 대한 생각을 종종 합니다. 최근 명상이나 템플스테이 같은 것들이 웰빙바람처럼 유행하기도 하니 대체로 그런 이미지로 다가가지 않을까 하는 생각이 듭니다.

불교는 철학적 요소와 심리적 요소, 윤리적 요소와 종교적 요소 등을 모두 담고 있습니다. 과일 그릇을 불교라고 한다면, 그릇에 담긴 사과와 밀감과 곶감을 각 요소라고 비유할 수 있습니다. 불교의 세계관을 나타내는 인드라망의 사고로 보면 온 우주의 낱낱의 존재들은 그물의 그물코처럼 존재합니다.

심리라는 그물코, 육체라는 그물코, 윤리라는 그물코, 철학이라는 그물코, 신앙이라는 그물코 등 무수히 많은 그물코로 이루어져 있습니다. 그래서 윤리적인 불교의 그물코를 들면 저절로 여타의 불교의 그물코들이 따라나옵니다. 마찬가지로 철학이라는 그물코를 들면 철학이 중심이 되어서 불교의 여타 요소들을 설명할 수가 있습니다.

무엇인가를 윤리적으로 설명할 경우, 불교의 윤리적인 부분을 예로 들어 설명할 수는 있습니다. 그러나 그것과 관계없이 불교는 윤리일 뿐이야라고 하면 그것은 불교의 세계관에 맞지 않게 됩니다. 마찬가지로 철학적으로 무엇인가를 설명해야 할 때, 불교의 철학에 대해 이야기할 수는 있지만, 그것과 상관없이 불교는 철학이다, 라고 단정지어서는 안 됩니다. 불교 자체를 볼 때도 중도적으로 보아야 한다는 의미입니다. 그렇게 본다면 불교가 윤리라고 해석하는 것은 맞는 말이기도 하고 틀린 말이기도 합니다. 적재적소인가 맞춰보면 불교는 윤리라고 해도 맞고 철학 또는 종교라고 해도 맞습니다. 상황이 철학이라고 불러야 맞는데, 윤리라고 말하면 그때는 불교가 아닌 것입니다.

팔정도도 마찬가지입니다. 팔정도 여덟 가지 항목 중 어느 하나를 그물코같이 들면 다른 것이 모두 따라오게 되어 있습니다. 정견 다음에 정사유 그다음에 정어 하는 식으로 순서가 정해져 있는 것이 아닙니다. 필요에 따라 견해를 이야기할 땐 정견을 말하고 언어를 말해야 할 땐 정어를 말해야 불교를 제대로 이해한다고 할 수 있습니다. 상황에 따라 적재적소에 어울리게 적용하는 게 문제입니다.

실상이 그런데도 일반적으로 우리는 정견이 제일 중요하다고 얘기하곤 합니다. 이럴 경우, 이미 뒤죽박죽이기 때문에 팔정도가 아닙니다. 견해를 논하기보다는, 언어를 논해야 되는 상황이 있는 것이고 그때는 정어가 중요합니다. 또 견해가 필요할 때는 정견이 중요합니다. 행동을 얘기할 때가 있을 땐 정업이 중요한 것이 됩니다.

현실의 삶이 버거우니까, 우리는 자꾸 도피하고자 합니다. 바쁜 삶에서 벗어나 잠깐 쉴 곳을 찾아나섭니다. 하지만 자꾸 어디 좋은 데 없을까 하고 두리번거립니다. 인지상정입니다. 하지만 그렇게 하는 것이 과연 괜찮은 일인지 살펴보아야 합니다.

"소란함을 피해서 고요함을 찾는 순간 더 소란해진다"는 말이 있습니다. 인생의 실상은 지금 여기 직면한 현실을 떠나서는 존재하지 않습니다. 따라서 직면한 현실에서 해답을 찾아야 합니다. 그렇게 하지 않을 경우 끝없이 지금 여기 직면한 현실을 떠나 어디 더 좋은 곳 없나 하고 찾아 헤매는 신세에서 벗어날 수 없습니다.

삶의 현장에서 충분히 자신을 다스릴 줄 알아야 합니다. 강아지를 대할 때조차 "나와 인연 있는 소중한 부처님이다" 생각하면서 마음을 내어 대하는 것이 수행입니다. 직면한 현실의 일상을 떠나서는 진짜 수행이 될 수 없음을 잊지 말아야 합니다.

결국 존재의 법칙인 법(다르마)의 정신에 맞게 실천해야 된다는 결론에 도달합니다. 붓다는 존재법칙인 법을 발견하고 그 법의 정신을 경우에 맞게 잘 활용하는 사고, 언어, 행동을 함으로써 평화와 행복의 삶을 실현한 인물입니다. 우리도 그 길밖에 없습니다. 다르마의 길, 법의 길은 우리 삶을 윤택하게 만듭니다. 자신이 가는 길이 법의 길이 아닐 때는 얼른 정신을 차려서 법의 길에 맞게 마음을 내는 것을 통해 행복은 실현됩니다.

정신을 차리는 것은 지혜고, 새로운 마음을 내는 것은 자비입니다. 얼른 정신 차려서 "이건 아니네? 저거네?" 하고 생각하는 게 지혜라면, 다음으로 바로 행동하는 것이 자비입니다. 끊없이 정신 차려서 법의 정신에 맞게 미운 마음에 머물지 말고, 자비로운 마음을 일으켜야 합니다. 수행이란 특별한 곳에서 특별하게 해야 하는 것이 아닙니다.

돈오(頓悟)를 "즉각 초롱초롱한 눈 즉, 깨어 있는 눈으로 보는 것"이라고 해석할 수 있습니다. 앞에서 말한 거사가 주관적 선입견 즉 혼몽한 눈으로 볼 때는 개가 미운 놈이었습니다. 그런데 정신 차려서 선입견 없이 보면 실상은 그저 개 한 마리일 뿐입니다.

실상과는 무관하게 미운 놈으로 보는 것은 순전히 자신의 주관적 관념일 뿐입니다. 그럴 때 얼른 정신을 차려서 미운 마음에 머물지 말고 바로 자비로운 마음으로 바꿔야 합니다.

존재 자체는 생각으로 표현되기도 하고, 말로 표현되기도 하고, 행동으로 표현되기도 합니다. 생각으로 표현될 때는 온전히 생각하는 존재일 뿐입니다. 이 자식, 나쁜 놈, 죽일 놈 하고 말할 때는 나쁜 놈, 죽일 놈 하고 말하는 존재일 뿐입니다. 주먹질을 할 때는 주먹질하는 존재일 뿐입니다. 현실적으로 미워하는 마음의 존재가 되든, 미워하는 말의 존재가 되든, 미워하는 몸의 존재가 되든, 미움의 존재가 되는 한은 그 삶이 불편하고 자유롭지 못합니다. 고통스럽고 불행합니다.

붓다는 자신의 가르침이 지금 여기에서, 누구나 바로 이해할 수 있다고 했지만, 한국불교는 대체적으로 일상 속에 적용되도록 해석되지 않고 있는 게 안타깝습니다. 수행을 하려면 일상의 현실을 떠나 특별히 법당에 가서 절을 해야 하고, 선방에서 용맹정진해야 하고…… 그래야만 되는 것처럼 이야기되고 있습니다. 구체적인 삶에서 적용되고, 적용되었을 때 그 내용이 확인되고 증명되도록 해석되어야 하는데, 오히려 반대로 설명되고 있습니다.

그 결과 지금 여기 현장엔 불교인들이 보이지 않습니다. 어디를 자꾸 가야 한다고 말합니다. 그것이 극복해야 할 한국불교의 중요한 과제입니다. 그것을 극복해야 비로소 우리 사회에 꼭 필요한 불교가 될 수 있다고 봅니다.

돈오(頓悟), 즉각 깨어 있어야 합니다. 깨어 있지 못하면 쉽사리 관념에 빠집니다. 수행은 출가한 승려만 하는 게 아닙니다. 일상 속에서 언제나 깨어 있도록 노력하는 것이 수행입니다. 초롱초롱한 정신으로 깨어서 지금 여기 실상과 직면할 때 길들여진 관념의 감옥으로부터 해탈하게 됩니다. 그때 주관적인 눈으로 본 미운 개는 사라지고 본래부처라고 하는 한 생명의 존재인 개의 실상이 드러납니다. 잘 보살피면 즉시 화목하고 평화로울 수 있습니다. 깨어 있게 되면, 우리에게 미워할 대상은 없습니다.

언어에 속고
놀아나는 삶

귀모토각(龜毛兎角)이란 말이 있습니다. 거북이 털, 토끼 뿔이란 생각, 말, 글, 지식으로는 존재하지만 구체적인 진실로는 실재하지 않는 것의 비유입니다. 이 비유는 우리의 생각과 말, 글과 지식이 갖는 속성을 잘 알 수 있게 합니다. 우리가 말을, 언어를 어떻게 다루어야 하는가를 보여주는 예입니다. 경전에 토끼 뿔 이야기가 나온다 하더라도 토끼 뿔을 본 적 없는 사람은 이해할 수 없습니다. 사실과 언어를 연결시키지 않고서는 그 실상을 이해하는 것이 가능하지 않습니다.

불의 뜨거움을 경험하지 않은 아이들에게 불은 뜨겁다고 해도 이 말이 무슨 말인지 이해할 수 없을 것입니다. 따라서 언어는 실사구시로 다루어야 합니다. 그렇지 않으면 우리가 언어에 속고 지배받고 놀아나게 됩니다.

불이란 말은 그냥 만들어진 말이 아닙니다. 대상이 있고, 그다음에야 불은 밝다 뜨겁다 등 개념의 이름을 붙일 수 있습니다. 결국 불의 뜨거움을 대상으로 해서 불의 뜨거움이란 말이 만들어지는 것이고, 불은 밝음을 대상으로 불은 밝다고 표현되는 것입니다. 실재 불의 뜨거움을 경험해본 적 없는 사람에게 불은 "뜨거운 거야, 뜨거운 거야"라고 말을 해주고 글로 써준다고 하더라도 그 불의 뜨거움을 이해할 수 있을까요? 절대 아닙니다. 불의 뜨거움을 직접 경험해봐야 뜨거움을 이해할 수 있습니다.

결국 개념만 갖고 문제를 다루게 되면 실재하고는 관계없이 개념놀음만 되풀이하게 됩니다. 그리고 그 말이 실재와 맞는지 안 맞는지 구분할 수도 판단할 수도 없게 됩니다. 언어의 속성, 언어의 한계, 언어의 불가피함, 언어의 위대함을 잘 알고 언어와 실재를 직결시켜 다루어야 합니다. 대부분 그러지 않고 언어와 지식만으로 다루기 때문에 경전의 가르침들이 명료하지 않게 되는 경우가 많습니다. 대승불교에서 여실지견(如實知見)을, 초기 불교에서 팔정도 를 강조하게 되는 이유입니다.

여실지견이라면 있는 사실을 사실대로 보라는 것입니다. 불이라고 하는 생각, 불이라고 하는 말, 불이라고 하는 글을 우주 가득 쌓아 모아놓아도 실오라기 하나 태울 수가 없습니다. 생각이나 말이나 글은 그렇습니다. 하지만 실재의 불은 태울 것만 있으면 온 우주도 태워버립니다. 그러니 개념만 가지고는 불을 이해할 수 없는 것입니다. 경전의 언어를 불교지식만 갖고는 누구나 이해하고 실현하고 증명되도록 명료하게 해석하고 설명할 수 없습니다. 불립문자(不立文字), 언어도단(言語道斷)을 내세우는 선불교가 등장한 이유이기도 합니다.

실상을 언어로 다 드러낼 수가 없습니다. 반면 언어를 떠나서 실상을 드러낼 수도 없습니다. 불은 뜨겁다고 하는 언어만 가지고는 불의 뜨거운 실상을 드러낼 수 없지만, 불이 뜨겁다는 언어를 떠나서는 실상을 사람들에게 알리고 소통할 수도 없습니다. 그래서 도(道)는 언어에 있지도 않고, 언어를 떠나서 있지도 않다고 말합니다. 언어에 있기도 하고, 언어를 떠나 있기도 하다는 것입니다. 불교는 언어를 대단히 탁월하게 잘 알고 쓰고, 언어를 대단히 중요하게 여기기도 했습니다.

『화엄경』의 여래현상품에 보면 '불신충만어법계(佛身充滿於法

界) 보현일체중생전(普現一切衆生前)'이란 말이 있습니다. "부처님의 몸은 온 세상에 가득해서 널리 모든 중생들 앞에 나타나 있다"는 뜻입니다. 예를 들어 내가 이 말을 보통 사람이 이해할 수 있도록 설명을 해야 하는데, 설명해낼 길이 없다고 칩시다. 듣는 사람은 당연히 이해도 안 되고 무슨 말 하는지 알 수도 없습니다. 아마도 대부분 『화엄경』에 나오는 붓다 말씀이니까 알 수 없어도 믿어야 된다고 할 것입니다. 그렇게 믿고 따르는 것이 신심이라고 덧붙이기도 합니다. 그렇게 해도 괜찮은 것일까요?

붓다는 "와서 보라, 나의 가르침은 누구나 이해할 수 있으며, 현실에서 실현되고 증명된다"고 했습니다. 경전에 나오는 것이니까 이해가 안 되어도 믿고 따르라고 하는 것은 붓다의 뜻과는 근본적으로 어긋나는 것입니다. 엄밀히 말하면 현실에서 사람들이 이해할 수 없고 이룰 수 없고 검증할 수 없는 것은 붓다의 가르침이 아닙니다. 혹 경전 내용인데 사람들이 이해하도록 해석과 설명이 안 되는 것이 있다면 잘못된 것, 잘못하는 것이라고 보는 게 바람직합니다.

그냥 말만 가지고는 그것이 실재를 말하는 건지, 그냥 생각을 말한 것인지, 아니면 어디 있는 지식을 가지고 이야기하는 것인지를 판단할 수 없습니다. 우리 말과 지식이 생각을 말한 것인지, 실상을 말한 것인지 확인할 수 있는 길은 실재와 연결시켰을 때만 가능합니다. 실물하고 딱 직결시켜보면, 아 이게 말일 뿐 실재가 아니구나, 조작된 얘기구나 하고 판단할 수 있습니다. 실재와 연결시키지 않으면 그 실상이 전혀 드러나지 않습니다.

사실에 직결시키지 않으면 논란만 계속됩니다. 『능엄경』에 나왔고, 『화엄경』에도 나왔다며 문헌자료로 계속 논쟁을 하게 됩니다. 아무리 문헌을 근거로 가지고 증명을 해도 실재와 연결시켜보면, 전혀 엉뚱한 결과들이 나오는 게 많습니다. 따라서 지식, 언어를 실사구시적으로 다루어야 합니다. 실재에 적용해보면 더욱 명료해진다는 것입니다.

수행도 현장에서 삶과 직접 직결시켜 설명하면 더욱 명료해집니다. 팔정도의 정어를 가지고 이야기해보겠습니다. "여기 밀감이 있다." 이렇게 말하면 이건 밀감이야라고 실상 그대로를 이야기하는 것입니다. 그런데 그 말이 참되어지려면 실상하고 일치해야 합니다. 밀감이 아닌데 밀감이라고 하면 참되지 않은 것입니다. 이처럼 사실을 사실대로 참되게 이야기하는 것을 팔정도에서 정어라고 합니다.

정어, 즉 사실을 사실대로 이야기하려면 첫째, 이것이 밀감이라고 하는 견해가 있어야 됩니다. 사실을 보지 않고는 사실을 말할 수 없는 것입니다. 사실을 보았기 때문에 사실에 맞는 이야기를 할 수 있습니다. 따라서 정어(正語: 바른 말)를 하려면 정견(正見: 바른 견해)은 수반될 수밖에 없습니다. 그런 다음, 정사유(正思惟: 바른 사유음미)가 필요합니다. 비록 봤다 하더라도 확신이 필요합니다. 사유음미를 통해서 틀림없다는 것을 확신을 하는 것입니다. 정어, 즉 바른 말 한마디에는 사실을 보는 것과 확신할 수 있도록 하는 정사유가 저절로 수반될 수밖에 없습니다.

그리고 이 말이 바른 말이 되려면 말하는 대로 행동해야 된다, 그러니까 필연적으로 정업(正業: 바른 행동)이 수반되지 않을 수 없습니다. 또 말하는 대로 살아야 되는 것이니까 정명(正命: 바른 생활)이 따라오게 되는 것입니다. 그런 다음에 정념(正念)은 이 밀감이라는 사실에 대해서 늘 깨어 있어야 되는 것, 기억하고 있어야 한다는 것입니다. 그래야 말을 할 수 있습니다.

"밀감이다"라고 정어(正語)하게 되면 반드시 밀감이라는 사실에 대해 기억하고 있어야 하고, 늘 깨어 있어야 하기 때문에 자연스럽게 정념(正念)이 수반되는 것입니다. 정정(正定)은 누가 와서 "이게 실상은 밀감인데 너 이거 밀감이라고 사실대로 이야기하면 죽일 거야" 협박하거나 "사실 이게 밀감인데 밀감이라고 하지 말고 단감이라고 이야기해주면 내가 천만원을 줄게." 이렇게 유혹해도 흔들리지 않아야 진실을 말할 수 있게 된다는 것입니다. 그러므로 정어에는 자연스럽게 정정(正定)이 수반되게 됩니다. 그리고 정어를 일상의 삶이 되게 하고, 문화가 되게 하고, 사회가 되도록 애써 노력하는 것이 정정진(正精進)입니다. 정어의 실재를 짚어본 바에 의하면 팔정도라고 하는 것이 확연히 이해되고, 팔정도라는 수행은 현장의 일상적 삶에서 실천되어야 마땅함을 구체적으로 확인할 수 있게 됩니다.

언어의 중요성을 강조하는 것은 우리 사회의 큰 문제 중 하나가 언어에 대한 신뢰가 무너지고 있는 것이기 때문입니다. 누구 얘기냐에 관계없이 말이 얼마나 중요한지, 또 얼마나 큰 힘을 가졌는지, 또 삶을 풀어가기 위해서 언어로 이루어지는 대화라는 게 얼마나 효과적인지에 대한 이해와 신뢰가 없습니다.

우리는 살아가면서 쉽게 이런 말을 합니다. "말이 뭐 중요해? 마음이 더 중요하지." 혹은 "말이 뭐가 중요해? 실천이 더 중요하지." 대단히 그럴 듯합니다. 일정 부분 일리가 있기도 합니다. 하지만 하나만 알고 여타는 모르는 이야기입니다. 내가 천착한 바로는 정말로 참된 지식은 행동할 수밖에 없습니다. 참된 언어는 행동으로 가지 않을 수 없습니다. 나는 그게 붓다의 삶이고 예수의 삶이라고 봅니다. 그분들은 참된 지식을 가진 사람인데, 지식이 참되면 행할 수밖에 없습니다.

예수는 자신이 그렇게 계속 활동하면 죽는다는 것을, 잡혀서 감옥에 갇혀 죽는다는 것을 충분히 예상할 수 있었습니다. 그럼에도 불구하고 왜 그 길을 갔을까요? 그리 할 수밖에 없었던 이유는 무엇일까요? 본인이 아는 것이 참되기 때문에 가지 않을 수 없고, 행하지 않을 수 없었던 것입니다. 참된 길이기 때문에 죽어도 그 길을 갈 수밖에 없다고 마음을 먹는 게 참된 지식입니다. 그렇게 봤을 때, 예수와 붓다야말로 참된 지식인입니다.

우리는 지금 언어에 대한 사고가 부족합니다. 언어의 중요성, 힘, 효용성에 대한 가치 부여가 너무 부족합니다. 그러니 말을 무시하는 경향이 너무 많고, 말을 말썽만 일으키는 문제 덩어리로 취급하는 경우가 많습니다. 출가수행자들에게서 특히 더 그런 경향이 있습니다. 내가 어릴 때는 무식해야 참선도 잘한다는 말도 있었습니다. 언어는 아무렇게나 해도 되는 물건으로 취급되고, 되도록 안 해야 하는 것으로 되었습니다. 침묵은 금이고, 언어는 은이다, 똥이다, 이런 인식이 있습니다. 그러나 결코 그렇지 않습니다.

침묵해야 할 때는 침묵하는 것이 맞고, 말해야 할 때는 말하는 것이 맞습니다. 침묵해야 할 자리에서 말을 하면 말은 당연히 똥인 것이고, 말해야 하는데 침묵하면 침묵도 똥인 것입니다. 그런데 우리 한국 사회에서는 언어가 가지고 있는 가치에 대해서 잘 모르고, 가볍게 함부로 취급하고 있습니다. 이것은 대단히 심각한 문제입니다. 그러나 언어를 잘 다루면 인생의 짐 60~70근은 내려놓은 것과 같습니다.

언어를 실재와 연결시켜 잘 다루게 되면 언어를 통해 드러내고 알려주려는 참뜻이 명료해집니다. 말 한마디에 울고 웃고 하는 것을 보면 언어가 얼마나 대단한 것입니까. 말 한마디에 아파하기도 하고 슬퍼하기도 하는 것을 보면 말의 위력이 신비하지 않습니까. 언어를 잘 다루면 삶이 명료해집니다. 삶이 자유로워집니다. 삶이 평화로워집니다. 삶이 아름다워집니다. 삶이 거룩해집니다. 기적의 삶이, 신비의 삶이 본인이 원하는 평화롭고 행복한 삶이 현실로 이루어집니다.

멈추지 마라,
늘 변해야 보인다

어느 40대 불교 활동가가 내게 이런 이야기를 들려주면서 불교 수행 방법에 대해 질문한 적이 있습니다. 세 명의 대통령이 차례로 주인공으로 등장하는 어느 영화에서 한 젊은 대통령이 이른바 '서울 불바다'를 거론하며 협박하는 북한 특사에게 이런 말을 했다고 합니다. "나는 주사 맞는 것하고 우리 아이 질문 말고는 무서운 게 없다"고. 그러면서 자신도 올해 초등학교 1학년에 입학한 아이가 있는데 그 녀석이 "아빠 뭐예요?" 하고 온갖 질문을 던질 때 어떻게 대답해주어야 하나 끙끙댈 때가 정말 많은데, 불교수행에서 화두(話頭)라는 것이 그렇게 생생하게 살아 있는 날 것 같아야 하지 않겠냐는 질문이었습니다.

지금 한국의 전통적인 불교수행법, 특히 대한불교조계종이 중심 수행법으로 내걸고 있는 것을 간화선(看話禪)이라고 합니다. 간(看)은 보는 것을, 화(話)는 화두를 의미합니다. 즉, 화두를 들여다보는 것이 간화선입니다. 40대 불교 활동가의 질문은 한국불교 최고의 수행이라고 하는 이 간화선이 지금 시대에 잘 통하고 있는 것이냐? 그렇게 수행하면 깨달음을 성취하여 붓다가 되는 것이냐? 왜 그렇게 많은 스님들이 간화선 수행을 하는데 깨달은 사람이 안 나오냐? 왜 참선을 오래 한 스님들이 더 권위적이고 독선적이고 배타적이고 이기적이고 신경질적이냐? 하는 질문이었습니다. 솔직히 나도 간화선 수행을 하고 있지만 시원한 대답을 할 수가 없습니다.

조계종에서 발간한 공식 자료에 의하면 해마다 산중 100여 개의 선원에서 2,200여 명의 출가수행자들이 간화선 수행법을 하고 있다고 합니다. 왜냐하면 그 물음은 단순한 물음만이 아니고 오늘날 한국불교 현실에서 그런 문제들이 많이 나타나고 있고 그에 대한 해결책을 못 찾아서 전전긍긍하고 있는 실정이기 때문입니다. 사실 나는 오늘의 한국불교에 대해 대단히 비관적 입장에 서 있습니다. 오늘날 한국불교가 진짜 불교인가 하는 끝없는 의문들을 제기하고 있습니다.

사실 붓다가 뜻한 불교는 불교라는 어떤 울타리 안에만 있지 않습니다. 현재의 불교가 중심으로 삼고 있는 교리나 수행법이 우리 시대의 보편적 언어와 문화로 설명되고, 교섭하고, 시대적인 의미와 가치를 현실 속에 제대로 발휘하고 있지 않다면 진정 붓다가 뜻한 살아 있는 불교, 참된 불교라고 할 수 없습니다.

불교 교리나 수행법이란 것이 결국은 붓다가 당시 사람들에게 응병여약(應病與藥), 즉 병에 따라서 처방전으로 제시한 것입니다. 따라서 약이란 병을 낫게 해야 약이지 옛날에 아무리 훌륭했던 약이라 할지라도 지금의 병에 효과가 없다면 그 약은 이미 약이 아닌 것입니다. 응병여약으로 제시된 붓다의 말씀도 마찬가지라고 생각합니다. 결국 불교란 삶이 병들어 고통스러우니까 고통으로부터 벗어나도록 하기 위해 그 병을 치료할 약으로 가르침을 펼친 것입니다.

그럼 "병이 뭘까? 인간을 고통스럽게 하는 그 병이 무엇일까?"를 명료하게 해야 약도 적절하게 나올 수 있습니다. 어떻게 보면 인류 역사는 왜 고통스러울까, 어떻게 해결해야 할까 하는 물음에 대한 해답을 찾고자 하는 여정에 있다고 볼 수 있습니다. 묻고 따져들어가보면 필연적으로 "나는 누구인가? 인생이란 무엇인가?" 하는 '존재의 이유와 가치'에 대한 물음이자 그에 대한 해답을 찾는 것으로 귀결됩니다. 존재의 이유와 가치에 대해서 무지하거나 왜곡되게 알고 믿으면서 삶과 생명을 다루기 때문에 고통과 불행의 삶을 살게 된다는 이야기입니다.

그러면 화두(話頭)라고 하는 게 무엇일까요? 삶에 대한 본질적이고 보편적인 문제의식, "나는 누구인가? 인생이란 무엇인가? 어떻게 살아야 하는가? 어떻게 살아야 행복해지는가?" 하는 존재에 대한 근원적이고 보편적인 물음을 화두라고 합니다. 이 근원적인 물음에 대해 사람들과 함께 해답을 찾고 함께 행복한 세상, 행복한 삶을 실현하겠다는 굳건한 결심을 발심(發心)이라고 합니다. 그렇게 정리해보면 불교의 정신과 원리로 볼 때 시대에 따라, 지역에 따라 화두는 매우 다양할 수밖에 없고 끊임없이 창조되어야 옳습니다.

붓다 시대, 초기 불교 시대에는 이른바 '아트만(atman, 自我)'이라는 고정되고 영속적인 실체가 있다고 했습니다. 아트만은 자아, 영혼 등으로 해석됩니다. 고정된 실체 혹은 영속하는 영원한 실체가 있다는 신념입니다. 그 신념체계가 삶의 불평등을 낳고, 삶을 심각하게 왜곡하고, 고통스럽고 불행하게 만들었습니다. 이에 붓다는 기존의 지식과 신념에 따라 몸소 다 경험해보고 기존의 그 지식과 신념을 실재와는 무관한 관념에 불과하다고 비판 부정합니다. 그리고 관념이 아니라 실상에 근거한 중도의 길을 발견하고 중도의 길을 선언한 뒤, 그 길에서 행복한 삶의 모범을 보이고 사람들에게 그 길을 가르쳤습니다.

붓다는 이런 새로운 패러다임, 새로운 사고방식을 제시함으로써 당연히 당시의 고정되고 영속적인 사회적 실체로 인식되었던 중요한 고통의 원인인 사성계급제도를 부정합니다. 나아가 만민평등의 천상천하 유아독존이라고 선언을 하고 마침내 실로 혁명적이라고 할 수 있는 천민 출가와 여성의 출가를 허용합니다.

응병여약인 붓다의 가르침의 맥락을 보면 체론적이고 이원론적인 사고로 왜곡되어 해석되는 경향으로 수행과 사회적 실천 상에서의 폐단이 생기니까 중관(中觀), 공(空)이라고 하는 약이 나타나게 됩니다. 이것이 대승불교(大乘佛敎)입니다. 중관이라는 약을 팔부중도(八不中道)로 설명하는데, 불생불멸(不生不滅), 불상부단(不常不斷), 불거불래(不去不來), 불일불이(不一不二)를 말합니다. 이는 양 극단이 모두 틀렸음을 보여주고 있습니다. 한마디로 모든 건 실체가 없다는 논리로 처방을 하여 실체론 병을 고치려고 하게 됩니다. 이러한 양극단에 대한 부정은 사실 모든 상대적 개념작용에 대한 부정을 일컫습니다. 이제는 그것이 허무주의적 사고로 흐르는 병통이 생깁니다.

허무주의적 사고로 변하고 허무주의적으로 불교를 해석하고, 그런 지식과 믿음들이 다시 사람들을 병들게 하고 고통스럽게 합니다. 그래서 그다음에 오직 내심(內心)만 있고 마음 외(心外)에는 다른 대상이 없다는 유식무경(唯識無境)이니, 존재하는 모든 것에 본래 부처와 똑같은 본성(불성)이 갖추어져 있다고 주장하는 불성사상(佛性思想)이니 하는 새로운 관점의 해석들이 나타나게 됩니다.

그리고 그런 사상들이 중국으로 전해져서 중국의 문제를 해결하는 새로운 약으로 등장을 했는데 세월이 흐르면서 약이 시대에 안 맞거나, 이 약에 대한 이해나 인식이 왜곡 변질되거나 해서 폐단이 나타나니까, 그 폐단에 대한 새로운 약을 또 쓰게 됩니다. 그것이 선불교(禪佛敎)입니다. 중국에서, 중국적 상황에서 요구되어지는 해답이 기존의 불교로는 한계가 있었습니다. 그래서 새롭게 선불교라는 약을 쓰게 된 것이고, 이 선불교의 최후의 약으로 간화선이라는 것이 나타났다고 보면 됩니다. 그러므로 간화선도 결국 하나의 약, 병에 따른 약이라고 할 수 있습니다.

우리는 살면서 쉽게 함정에 빠집니다. 어떤 문제에 닥쳤을 때, 과거에 해결했던 방법으로 풀려고 하면, 그게 함정입니다. 우리에게 닥친 문제는 늘 변화합니다. 시대와 사회도 변화합니다. 그런데 과거에 함몰되어 새로운 약을 만들지 못하면, 우리에게 당면한 문제는 더 힘이 세집니다. 인간이 병을 퇴치할 약을 만들게 되면, 병은 더욱 강해져서 되돌아옵니다. 그러면 거기에 맞는 약을 만들어야 하는 게 당연합니다. 그럼에도 불구하고 근본적이고 보편적인 문제는 예나 지금이나 미래에나 한결같습니다. 근본적이고 보편적인 문제에 붓다는 중도의 길을 제시했고 그것은 여전히 유효합니다. 다만 중도의 길을 토대로 새로운 병에 맞게 처방을 하려면 끊임없는 창조가 있어야 합니다.

우리가 살고 있는 현대사회의 고질적인 병폐를 고치기 위해 근래 부쩍 문명의 전환이나 대안문명을 거론하고 있습니다. 동양사상, 그중에서도 불교 얘기를 많이 합니다. 물론 불교는 사성제, 팔정도, 연기법의 세계관으로 인생과 존재의 본질을 파악하고 실천하는 데 필요한 탁월한 진리의 관점이 있습니다. 다른 어떤 이론이나 교리보다 매우 철저하게 '관계론적 세계관'을 가지고 있습니다.

불교는 대화의 종교입니다. 붓다 자신이 그랬고 또 제자들에게나 정치 지도자들에게 특히 강조한 것이 "자주 모여서 '진리와 정의에 대해' 토론하라"는 가르침입니다. 이처럼 토론을 중시했을 뿐만 아니라, 불교는 진리의 판별기준으로서 유명한 사람이 말했다고 해서 진지하게 검토하지도 않고 무조건 믿고 따르는 어리석은 짓은 하지 말라고 가르칩니다. 물론 그 '유명한 사람'에는 붓다 당신도 속해 있습니다. 붓다 스스로 내 말이라고 덮어놓고 믿지 말고 잘 생각해보고 따져보라고 가르칩니다. 이런 관점은 물론 현대사회의 진화 방향과 미래사회의 개창을 위해 매우 중요하면서도 필수적인 관점이라고 생각됩니다.

하지만 탁월한 관점과 논리를 가졌던 불교도 인도에서 종교로서의 자리는 사라집니다. 인도 초대 법무부장관인 암베드카르 박사가 50여 만 명의 불가촉천민과 불교로 개종하기 전까지는 아마도 불교는 인도 종교 인구 통계에도 잡히지 않았을 것입니다. 인도 불교의 흥망성쇠, 오늘 한국불교 위기의 정체는 무엇이며 어디에 있는 것일까요. 과거의 인도불교는, 지금의 한국불교는 무엇을 놓치고 있는 것일까요? 아마도 응병여약 정신을 살리지 못한 것에 원인이 있지 않나 싶습니다.

우리에게 지금 암이란 병이 생겼는데, 그것을 암이 생기기 이전의 의학기술이나 약만 가지고 처방을 고집하면 안 되는 것입니다. 암이란 병에 맞는 약과 기술이 필요한 것입니다. 종교도 마찬가지입니다. 종교라는 게 세상에 필요한 하나의 약입니다. 그런데 암이 없을 때 썼던 약과 기술을 가지고 암이 생겼을 때도 같은 약을 쓰려고 하니까 듣지 않는 것입니다.

사람들이 받아들이지도 못하고, 안 맞으니 안 받아들이게 되는 것입니다. 그러니 종교가 필요 없고 버림받게 되는 것이라고 볼 수 있습니다. 종교야말로 병에 따라 빨리빨리 변화해야 됩니다. 새로운 약을 개발해야 되고 새로운 기술을 개발해야 되고, 그래야 사람들에게 쓸모 있는 종교가 되는 것이죠. 병은 달라졌는데 약은 그대로인 상황입니다. 그대로 약을 쓰면 그건 독이 되어버릴 수도 있습니다. 지금의 종교가 바로 그런 처지라고나 할까요?

불교에서는 수처작주 입처개진(隨處作主 立處皆眞)이란 말을 씁니다. 어느 곳 어느 때이건 늘 주체적으로 깨어 있어야 한다는 가르침입니다. 끊임없이 창조적으로 변화해야 합니다. 우리가 변화하고 싶어서 변화하는 게 아니라, 존재 자체가 변화하는 것이기 때문에 그렇습니다. 존재법칙과 변화의 진리를 잘 알고 주체적이고 창조적으로 변화해야 자아도 집단도 세상도 희망차게 된다는 말입니다.

그렇지만 좀 더 깊숙이 천착해야 할 필요가 있습니다. 어떻게 보면 현대사회야말로 엄청나게 빠르고 큰 규모로 변화하고 있습니다. 개인적으로 사회적으로 변화의 욕구도 엄청납니다. 잘 보면 응병여약의 창조적 변화가 아니라 우리의 변화요구와 변화현상은 자기중심의 이기적 욕심에 의한 것이라는 데 문제의 심각성이 있습니다. 해답이 안 되는 것입니다. 약이 약발이 안 서는 형국이 되는 겁니다.

자기중심의 이기적 욕심이란 것은 불교로 말하면 전도몽상, 뒤틀리고 꿈같이 헛된 생각에 의해 만들어진 것입니다. 계속 이 전도몽상으로 이루어진 자신의 욕심에 맞는 방향이나 범위에서만 변화를 추구하기 때문에 문제가 해결되지 않고 계속 반복되고 있습니다. 존재의 속성에 맞는 변화를 추구하지 않으니까 뒤틀리고 꿈같이 헛된 소모적 삶이 만들어지는 겁니다.

우리가 알든 모르든 실재는 존재의 속성에 맞게 변화해가고 있습니다. 그 사실과 진실과는 관계없이 내 생각, 내 욕심대로의 변화만 추구하고 있습니다. 물론 부분적으로는 성공한 듯 보이는 것이 현대사회의 현주소입니다. 내 욕심대로 이루어진 것이 현대사회라고 할 수 있습니다. 그 결과는 무엇입니까. 불신과 불만, 갈등과 대립의 반복확대입니다.

자연생태의 재앙, 사회 양극화의 위험, 인간소외의 불행이 일상화되고 있습니다. 심각하게는 생명위기와 평화위기가 현실화되고 있습니다. 개인적으로 사회적으로를 넘어 범지구적으로 불안과 공포, 고통과 불행, 불확실성과 위험이 파도치고 있습니다. 이 모순과 혼란과 위험을 벗어나는 길은 어디에 있는 것일까요. 현장을 떠난 그 어디에도 있지 않습니다.

길은 누구에 의해서도 주어지지 않습니다. 길은 현장과 자신에게 있습니다. 그리고 현장의 진정한 관심과 애정의 연대에서 길이 열립니다. 희망이 있는 곳은 지금 여기 본인이 두 발을 딛고 있는 현장입니다. 최상의 주체는 끊임없이 각성하고 변화를 모색하는 본인입니다. 지금 여기 직면한 현실과 용감하고 정직하게 살아갈 때 그곳에서 길은 활짝 열립니다.

지금 당장,
세상과 호흡하라

　　근래 들어서 출가수행이 관심을 받지도 못하고 인기도 없는 것 같습니다. 출가하는 사람들이 줄어들고 그마저도 고령화된다고 조계종 교육원 같은 담당기관에서는 걱정이 많은 것으로 알고 있습니다. 왜 그럴까요. 요즘처럼 진학해도 시원찮고 취직도 쉽지 않고, 결혼 안 하는 사람도 많고, 결혼해도 아이 낳아 키우지 않는 부부도 많은 세상 풍조라면 한 번쯤 출가생활도 생각해볼 만한데 안 하는 것입니다.

　　출가하는 사람들이 고령화되고 있다는 것이 혹시 세상에 찌들 만큼 찌들어서, 꿈을 꾸고 그 꿈을 실현하려고 온 게 아니라 도피성으로 오는 풍조가 있는 것은 아닌지 염려되는 부분이 있습니다.

청춘은 꿈이 있고 청춘은 꿈을 찾아서 꿈을 실현하려고 미지의 세계, 모험의 세계로 성큼 나서는 힘이 있습니다. 꿈을 찾아서 패기와 열정을 가지고 밀고 나가는 것…… 그런데 최근 몇 년 삶에 찌들고 지친 사람들, 나이가 연만한 사람들이 많아지는 풍조가 출가공동체 내에 있지 않은가 하는 생각이 들 때가 많습니다.

그걸 어떻게 느낄 수 있느냐 하면, 주체적으로 이상을 향해 의욕을 불태우는 사람들이 잘 보이지 않는다는 겁니다. 그 대신 "어떻게 하면 내가 편할까? 어떤 게 나에게 이익일까?" 주로 이런 데 생각과 판단의 초점이 맞추어져 있습니다. 더 큰 문제는 그런 논리나 사고에 직접적이지는 않지만 정당성을 부여해주는 게, 우리 출가공동체의 현실이거나, 또는 불교와 수행에 대한 인식이나 이해 속에 그럴 만한 요소들이 많이 존재한다는 겁니다.

출가수행자라는 것이 개인적이고 내면적이고 정적인 것으로만 해석되고 그 부분만 강조되다보니 딱 좋은 핑계가 되는 것입니다. 수행해야 되니까 조용히 살아야 돼, 수행해야 되니까 개인적이어야 돼, 수행은 내면적인 거야, 정적인 거야, 이렇게 핑계를 대고 도피하기 딱 좋게 되어 있다는 것입니다. 현실 한국불교가 갖고 있는 불교관이나 수행론이 이처럼 딱 도피하기 좋고, 수행한다고 하면

다 면죄부가 되는 만병통치약입니다.

그러니까 한 절에 살면서도 절 살림살이나 활동에 수수방관하는 경우가 많습니다. 절 안에서도 의욕을 내면 할 일이 많습니다. 템플스테이 하나를 맡아 확실하게 진행하거나, 어린이 법회 하나만이라도 야물게 해보자고 결심할 수도 있습니다.

여기 내가 사는 실상사를 예로 들면, 어린이 법회라는 것은 공을 들이면 들인 만큼 되는 일입니다. 일주일에 한 번을 하더라도, 산내면 안의 이 동네 아이들에게 누군가가 관심과 애정을 갖고 공을 들이면 그것 하나로도 굉장한 일을 해낼 수 있다고 봅니다.

옛날 절에서는 기도하고 참선하고 불공만 해도 괜찮았습니다. 이제는 지역 대중과 호흡하고, 생활하고, 상부상조하는 것이 중요합니다. 그런 것이 성숙되면 마을공동체니 지역공동체니 이런 게 자연스럽게 형성되는 것 아닌가요? 그런데 어린이 법회를 출가 스님들이 맡아서 하지 않습니다. 청년회 출신이 10년 넘게 진행하고 있습니다. 활달하고 밝은 아이들을 보면 즐겁습니다. 그리고 이 넓은 절이, 템플스테이 체험하러 온 사람들이나 관람객이 없을 때 휑하기만 했던 이 절이, 지금은 아이들 술래잡기하고 숨바꼭질하는 놀이터가 되었어요. 얼마나 보기 좋습니까?

세상과 호흡하고, 세상의 사람을 항상 안타깝게 보고 도울 것이 없는지를 생각하고, 그러면서 내가 저들의 깨달음에 도움이 되기 위해서는 노력해야 한다고 합니다. 난 정직하게 그런 노력을 하고 있는가, 저들을 돕고자 하는 바른 의도와 방향에서 벗어나 있는 것은 아닌가를 정직하게 성찰하는 것이 필요합니다. 그게 잘 안 되는 것이 한국불교의 근본적인 문제이고 그것을 극복해야 한국불교가 과거의 역사에서 보여주었던 영광스런 역할을 다시 찾을 것이라고 봅니다.

근원으로 돌아가서, 나는 붓다가 세상에 출현한 이유, 즉 붓다가 왜 세상에 왔는가 하는 선언과 붓다가 깨달음을 성취한 후에 깨달은 내용을 세상을 알리고자 한 이유에 대한 선언, 유명한 이 두 선언을 잘 새기는 것에서 문제해결의 출발을 삼아야 한다고 생각합니다.

하늘 위 하늘 아래 내 오직 존귀하니(天上天下 唯我獨尊)
온통 괴로움에 휩싸인 삼계, 내 마땅히 평안케 하리라.(一切皆苦 我當安之)

비구들이여! 이제 법을 전하러 길을 떠나라.
많은 사람들(중생)의 이익을 위해,
많은 사람들(중생)의 행복을 위해,
세상을 불쌍히 여겨 길을 떠나라.

앞의 게송은 붓다의 탄생게이고 뒤의 게송은 붓다의 전법(전도) 선언입니다. 이 두 선언을 기준으로 본다면 중생의 안락과 행복, 세상의 안락과 행복을 위한다는 근본이 시종일관되고 있는가 하는 성찰이 필요하다는 것입니다.

불교인들, 출가수행자들에게는 그것이 불교관이나 수행관, 공동체원리 같은 것으로 수미일관되어야 하는 것이고, 사회적 활동을 하거나 세상을 위해서 헌신하는 사람들에게서도 마찬가지로 항상 이점을 기준으로 해서 시종일관 자신의 주장이나 활동이나 삶 전체를 성찰해야 합니다. 그렇지 않을 경우, 이런 점을 놓치게 되면 자신의 이기적 욕심의 주장이나 활동이 중심이 됩니다. 불교로 치자면 종단이나 사찰의 융성이 먼저가 되고 근원적 가치, 즉 생명들의 안락과 행복은 실종되고 맙니다.

사찰이나 종단, 정당이나 시민단체나 여러 사회조직도 자기 조직논리에 빠져 목적과 수단이 전도되는 결과를 낳는 경우가 허다

합니다. 출가수행자들이나 속세를 살아가는 사람들이나 같은 삶을 살고 있습니다. 나 하나보다는 '많은 사람들의 이익을 위해', 나 하나의 행복보다는 '많은 사람들의 행복을 위해', 나를 불쌍히 여기기보다는 '세상을 불쌍히 여겨 길을 떠나라'는 것입니다. 붓다의 가르침도 본의가 거기에 있습니다.

　우리 사회의 근원적 변화를 위한 핵심적인 요소는 세계관을 바꾸는 것이라고 생각합니다. 지금 우리에게 필요한 것은 삶의 혁명이기 때문입니다. 체제혁명도 필요하지만 체제를 구성하고 만드는 주체인 우리의 세계관을 혁명하는 게 우선입니다.

　삶의 혁명은 세계관과 가치관과 삶의 방식을 변화시키는 데 있습니다. 그동안의 세계관은 잘못되어 있었습니다. 우리가 가야 할 목적지에 가기 위해서는 그에 맞는 방향성이 있어야 합니다. 세계관이 잘못되었다는 것은, 목적지는 동쪽인데 서쪽을 향해 가는 격이 된다는 뜻입니다. 열심히 가면 갈수록 목적지와는 반대쪽으로 멀어지게 된다는 겁니다.

가이아 이론은 지구를 하나의 유기적 생명체로 보고 있습니다. 유기적 생명체이기 때문에 동체대비(同體大悲:한 몸이라는 인식에서 나오는 무한한 자비심)일 수밖에 없습니다. 내가 80년대 초에 만난『화엄경』에도 온 우주가 유기적 생명체라고 되어 있습니다. 자연스럽게 동체대비론으로 나타나게 됩니다.

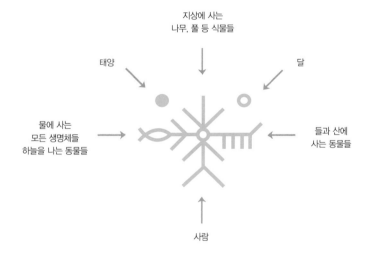

이 그림은 불교적으로 인드라망 무늬, 사회적으로는 생명평화 무늬입니다. 이 무늬는 불교용어로 이야기하자면 존재의 원인과 조건에 따라 서로 의지하여 생겨나고 사라진다는 연기론적 세계

관, 인드라라고 하는 하늘나라 궁전에 드리워져 있는 그물의 그물코처럼 존재하는 '인드라망(因陀羅網) 세계관', 그물코 세계관을 표현한 것입니다. 온 우주의 모든 존재는 홀로인 것이 없고 온통 우주적인 관계로 이루어진다는 관계론적인 세계관을 극명하게 보여주기 위해 고안했습니다.

무늬는 새와 물고기, 두 발 달린 짐승, 네 발 달린 짐승, 사람, 나무, 태양, 달, 온 우주 삼라만상이 한 몸으로 표현되어 있습니다. 이 무늬를 보면 태양이 없이는 내 생명의 성립, 태어남, 삶의 유지가 불가능합니다. 분리 독립되어 있는 생명은 없으며, 더욱이 어디까지가 내 생명인가 하는 경계도 찾을 수 없습니다. 전후좌우를 바로 놓고 돌려놓고 뒤집어놓고 보아도 한 생명입니다. 그리고 이들은 생명으로서, 유기체로서 고정불변하지 않고 상대와의 조화로운 관계 속에 변화하면서 존재합니다.

『화엄경』의 동체대비론이 바로 이런 세계관에 기초해서 나오는 것입니다. 우리는 잘 모르고, 잘 인식하지 못하고, 잘 느끼지 못하고 살고 있지만, 우리 모두가 유기적 공동체의 존재라는 사실, 너 없는 나는 존재할 수가 없다는 사실, 이런 세계관에 대한 이해와 인식이 우리의 삶을 혁명하는 데 핵심적인 요소입니다.

그런데 불행하게 우리는 그런 세계관에 바탕하고 있지 않습니다. 때문에 네가 없어도 나는 혼자 살 수 있다고 생각합니다. 어떤 경우는 네가 없는 것이 나한테 더 유리하다고 생각합니다. 더 나아가서는 "너를 없애고, 나만 하겠어!"라고, 극단적으로 분리 독립된 생각이 진행됩니다. 이렇게 극단적인 생각으로까지 가는 이유는 존재를 분리 독립된, 고정 불변하는 것으로 다루는 실체론적인 세계관에 길들여져 있기 때문입니다. 이 실체론적인 세계관에서 벗어나야 관계를 다루는, 존재의 실상을 있는 그대로 직시할 수 있는 눈이 생길 수 있습니다.

관계론적 세계관으로 보면 결론적으로 우리는 동반자일 수밖에 없습니다. 네가 없이는 내가 존재할 수 없다는 자타불일불이(自他不一不二)의 논리가 생깁니다. 너이면서 나이고 나이면서 너라는 세계관의 관점에서 보면, 자연스럽게 우리가 공동운명체이자 동반자라고 하는 인식에 도달하게 됩니다. 전통 공동체 마을을 보면 이웃사촌과 품앗이라는 개념이 있습니다. 공동운명체라는 관계의 세계관이 사회의 삶으로 나타나고 표현된 것으로 봐도 틀리지 않을 것입니다.

'이웃사촌'이라는 것은 서로에 대한 신뢰와 애정입니다. 사람

관계 안에서는 이 신뢰와 애정이 해답입니다. 그것이 공동체운동의 핵심이라고 생각합니다. 애정은 곧 상호의존적 관계입니다. 서로를 인정하는 것, 존중하는 것, 고마워하고 좋아하는 것이 해답이라고 생각합니다. 어떻게 상호신뢰와 애정을 생활화할 것인가, 또 그것을 우리 사회의 운영체계로 확장시킬 것인가 하는 것이 공동체운동을 하는 사람들의 고민이 되어야 한다고 생각합니다.

혁명은 혼자 이룰 수 있는 게 아닙니다. 삶의 혁명 또한 혼자 잘났다고 할 수 있는 게 아닙니다. 삶의 혁명은 여러 사람이, 각자의 존재를 인식하면서 관계로 맺어진 존재들을 엮어갈 때 이루어질 수 있습니다. 너는 나, 나는 너라는 세계관은 가까운 과거의 마을에서 이미 실천되어왔습니다. 이 공동체가 무너지면서 우리 삶의 희망은 그만큼 멀어졌습니다. 늦지 않았습니다. 우리에게 유익한 일을 당장 해야 할 때입니다. 삶의 혁명이 일어나면 이 사회도 변합니다. 우리의 몸에 맞게 변합니다. 지금 우리 사회는 우리의 의도에 의해 설계되었습니다. 따라서 그 주체인 우리가 변하면 우리 사회의 설계도도 변합니다.

사람과 사람 사이,
관계의 치유

우리 사는 모습을 돌아보면 단절을 볼 수 있습니다. 버스에서, 지하철에서 우리는 스마트폰을 들여다보고 있습니다. 친구끼리 앉아 있는데도 각자의 스마트폰을 들여다보고 있습니다. 나는 이게 비극이며 불행이라고 생각합니다. 주체적인 생각 없이, 주체적으로 느껴보지 못하고 현대사회를 살아가고 있습니다. 스마트폰의 노예, 기계의 노예, 자본의 노예가 되어 있는 것입니다.

지리산 둘레길은 자연을 느끼며 걷도록 하려고 만들었습니다. 그런데 관광공사에서 둘레길 안내하는 정보를 스마트폰에 서비스한다고 합니다. 기계를 보면서 기계의 소리를 들으면서 지리산 길을 걷는 게 무슨 소용이 있을까요? 우리는 도시에서 돈의 노예가 되고, 경쟁의 노예가 되고, 기계의 노예가 되고 있습니다. 도시에서는 한 인간으로서 인간답게 살 수가 없는 상황이니까, 결국은 하루라도 인간으로 존재해보자 하고 지리산 둘레길을 찾아오는 것입니다. 그런데 여기 와서도 기계의 노예가 되어 다니게 만드는 것입니다. 장사꾼들은 이걸로 돈을 벌 수 있을 것입니다. 하지만 그것은 인간의 존엄성, 인간이 주체적으로 자기 존엄성에 맞게 살아가는 데 도움이 되지 않습니다.

이런 상황이 지속되면 인간관계가 다 단절되고 파괴되는 결과를 낳습니다. 인간관계가 다 깨지고, 관계를 맺을 줄 모르는 상황을 만들게 됩니다. 관계를 맺더라도 서로 신뢰할 수 있고 협력하는 관계가 아닙니다. 불신, 긴장, 경계, 거래…… 지금 우리는 이런 관계만 융성하고 있는 것이 아닐까요? 결국엔 긴장하고 만나야 하고, 내가 유리할까 불리할까를 계산하는 만남과 관계가 우리를 지배하고 있습니다.

이제 해답은 신뢰와 애정의 관계를 회복하는 것입니다. 지금까지 우리는 해답을 소유와 승리에서만 찾고 있었습니다. 소유로 보면 누구는 많이 갖고, 누구는 적게 가질 수밖에 없습니다. 승리로 보면 누구는 이기고, 누구는 질 수밖에 없는 것이니까 거기에서는 해답이 나올 수가 없습니다. 이쪽이 해답인가 싶으면 저쪽이 아닌 것입니다. 저쪽이 괜찮으면 이쪽이 아닌 게 됩니다.

어느 책에서 보니까 일본에서 2년 전부터 '무연사회'라는 단어가 사회의 화두라고 합니다. 연고를 가지지 않은 사람들이 늘어나는 사회라고 합니다. 스마트폰으로 연결은 다 되어 있는데, 서로 관계는 없는 것입니다. 일본에서 아무 연고 없이 혼자 죽는 사람이 1년에 30만 명이나 된다고 합니다. 사통팔달, 24시간 항상 연결되어 있다고 하더라도 그것이 진정한 관계는 아닌 것입니다.

한국 정치의 문제, 한미 FTA 같은 문제도 이런 관점에서 볼 때, 관계의 심화 즉 자기정체성이나 지역정체성 같은 것이 기본이 되는 관계여야 하는데 그것을 모두 파괴하는 방향으로 사회가 변하고 있습니다. 이를테면 규모가 작으면 정치가 그렇게 과대하게 필요하지 않습니다. 그런데 서울 중심의 큰 규모로만 생각하면 인간적인 관계들이 설 자리가 없어집니다. 그러면 정치 또한 복잡해지고, 과대해집니다. 정치라는 것은 결국, 사람 관계를 조절하는 것이라고 할 수 있을 겁니다.

이곳 실상사 하나를 놓고 봐도 그렇습니다. 제일 중요한 건 관계를 조정하는 것입니다. 다양한 의견들, 다양한 이해들, 다양한 성향들, 이걸 조절해서 뭔가 균형을 이루기도 하고 조화를 이뤄야 합니다. 일례로 간디는 종교와 정치는 분리될 수 없다고 했습니다. 왜냐하면 종교는 진리인데, 진리를 실현하는 도구로써 정치가 굉장히 중요하다는 것입니다. 진리를 사수하는 도구로써 그렇다는 취지입니다. 거꾸로 말하자면 정치가 진리로써 인도되지 않으면, 즉 진리가 없으면 실현할 가치를 상실하게 되므로, 결국 정치라는 도구는 권력으로써만 작용하게 되고 이해타산으로만 작동하게 됩니다.

또 하나, 정치가 관계에 긍정적인 작용을 하는 데 중요한 것이 대화와 토론입니다. 적절한 일화가 있습니다. 붓다 재세 시에 아자타삿투라는 마가다국 국왕이 밧지족을 쳐서 병합시키려는 의중을 비추고 붓다에게 생각을 듣고자 신하를 보냅니다. 그때 신하가 듣고 있는 자리에서 붓다는 시자인 아난다에게 밧지족 사람들이 일곱 가지 사항을 잘 실행하는지를 묻고 그렇다고 대답하자 밧지족은 번성할 것이고 쇠퇴하지 않을 것이라고 합니다. 그 소리를 듣고 마가다국은 침략을 포기합니다.

붓다가 예로 든 일곱 가지 중에 첫 번째 조건이 "밧지족 사람들은 자주 회의를 열고 회의에는 많은 사람들이 모이는가?" 하는 것입니다. 그리고 자주 모여 대화하고 토론한다면 불교도 쇠퇴하지 않을 것이라고 가르칩니다.

　그런데 지금의 정치는 시민들, 주민들이 주체적으로 정체감을 가질 만한 대화와 토론이 가능하지 않습니다. 그래서 여러 구호와 이미지 그리고 인터넷이나 언론의 창을 통해서 얘기되는 여론을 통해서 간접적이고 비주체적으로 판단하고 반응합니다. 마을 공동체 정도로 규모가 작아져도 사실 현실에서와 같은 정치 영역은 관계의 형성에 큰 역할을 못 하고 크게 필요하지도 않게 됩니다. 우리가 관계를 중심으로 사고하면 정치의 역할, 현실 정치의 대안도 풍부하게 찾을 수 있습니다.

사회운동을 제대로 된 방향으로 이끌기 위해서는 붓다의 안목과 방법과 더불어 현대사에서 간디가 어떻게 했던가를 교훈으로 삼을 필요가 있습니다. 간디도 붓다와 같이 당시 지식인들이 회피했던 현장, 기차의 3등칸 같은 곳을 떠나지 않았습니다. 그리고 저항운동을 조직하는 과정에서는 사실, 진실을 매우 세밀하고 치밀하게 추구했고, 저항운동을 계획하고 진행하는 과정에서는 상대들에게 늘 정직했습니다. 싸움을 할 때에도 위계를 쓰지 않았을 뿐만 아니라 내 편이 잘못했을 때는 과감히 잘못을 인정하고 저항대중을 질타하며 운동의 중단을 선언했습니다. 그리고 오히려 저항대중의 각성과 반성을 촉구하며 단식을 하기도 했습니다. 우리는 이런 행동의 원칙 같은 것이 우리에게 견실히 있는지 성찰해봐야 합니다.

간디는 자서전에서 "나는 엄밀한 자기 성찰을 했고, 나 자신을 샅샅이 뒤졌으며, 모든 심리적 상태를 조사하고 분석했다"고 자신 있게 쓰고 있습니다. 간디는 채식만 하고 우유도 소에서 나온 것이므로 먹지 않겠다고 맹세하여 이를 준수하며 살았습니다. 그러던 중, 한때 중병에 걸려 기운을 차리기 위해서는 우유를 먹어야 한다는 의사의 권유를 받게 됩니다. 그러나 간디는 이를 물리치다가 결국 우유(소의 젖) 대신 암 염소의 젖을 먹기로 결정했습니다. 이 대목을 간디는 "맹세는 모든 것을 다 안 먹는 것을 의미하지만……나는 살고 싶었기 때문에 암 염소의 젖을 먹기로 결정했고, 암 염소의 젖을 먹기 시작했을 때 나는 내 맹세가 깨진 것을 이미 알고 있었다"고 고백합니다. 이것은 자기 자신과의 약속에 대한, 내면적 정직을 드러내주는 대목입니다.

또 간디는 공공사업을 하는 사람, 요즘 같으면 비영리조직 활동을 하는 사람은 자기 자신이 충분히 검토해보지 않은 것을 다른 사람이 믿도록 내버려두지 말아야 한다면서, 그것은 진리를 흐리는 일이라고 했습니다. 그럼에도 간디 자신이 충분한 검토 없이 사람을 쉽게 믿는 결점을 고치지 못한 것은 "내가 실제로 할 수 있는 능력 이상으로 사업을 해보자는 야심이 있어서 그렇게 되는 것"이라는 고백도 합니다. 사회운동가의 자세에 대한 정직한 고백입니다.

간디는 변호사라는 직업에 임해서도 "언제나 내 의뢰인이 정당한 때에만 이기자"는 '정직의 원칙'을 세웠고, 그래서 새 의뢰인을 만날 때마다, "처음부터 내가 부정 사건을 맡으려니 하는 생각은 하지 말고 증인을 코치하려니 하는 생각도 하지 말라는 주의를 주었다"고 쓰고 있습니다. 뿐만 아니라 간디는 저항운동에 동참하는 대중을 향해서도, 이를테면 상인조직의 문제로 그들과 저항운동을 할 때는 상인들에게 정직하게 장사를 하라고 권하기도 하고, 그 자신이 우리는 어떤 주장을 가지고 어떤 방법으로 저항운동을 할 예정이라는 것을 상대방에게 편지로 미리 알리기까지 합니다.

이러한 그의 개인적, 사회적 삶에서의 정직함은 다른 한편으로 사회운동에서 현장을 중시하고 치밀하게 사실과 진실을 파악하는 모습으로 나타납니다. 그가 남아프리카 프리토리아에서 어떤 소송을 제기하기 위해 첫 번째 단계에서 한 일은, 프리토리아의 모든 인도인을 만나 거기에서 사는 인도인들의 실태를 조사하여 자기네 상황이 어떠한가를 있는 그대로 보여주는 일이었습니다. 사실을 정확하게 인식시키고 공유하는 것을 출발로 삼은 것입니다.

간디는 또 인도의 참파란이라고 하는 어느 농촌의 소작 농민들의 문제를 다룰 때도, 가장 먼저 참파란 농민들의 실태를 조사하고 농장주들에 대한 그들의 불평을 알아내기 위해 수천 명의 리오트(소작농)들을 만날 기회를 만드는 일로 시작합니다. 간디의 말대로 "지극히 사소한 데까지 철저히 진실을 강조"했으며, 훗날 편자브 주민들에게 가해진 영국 경찰의 만행을 조사하는 위원으로서 그 보고서에 대해 자평하기를 "그 진술의 확실성에 대하여 털끝만큼도 의심되는 점은 단 하나도 허락되지 않았다. 내가 아는 한 거기에 기록한 것 중 사실이 아니라고 반증된 것은 단 하나도 없다"고 자신하고 있습니다.

이처럼 철저해야 합니다. 우리에게 불리할 수 있다고 해서 사실을 제외하고자 하는 그런 부정직한 마음이 일어날 때, 그것은 우리 활동의 목적인 삶의 질을 하락시키는 것이므로 도움이 되지 않는다는 점을 바로 성찰하고 알아차려야 합니다.

간디는 저항운동의 전 과정에서 정직을 위배하지 않았고, 사실과 진실에 충실했으며, 그럼으로써 저항의 대상, 영국 관리나 그 대리자들의 대응행위조차 질적으로 향상시키는 변화를 촉구하고 변화를 실질적으로 가져옵니다. 왜 우리가 상황논리, 승패논리에 빠지는 우를 자꾸 반복하는 것인지, 그것에서 우리 운동이나 활동이 왜 자유롭지 못하게 되는 것인지, 이에 대해 정직한 성찰이 필요합니다.

배고픈 사람에게는
밥이 하느님이니…

　인도의 역사를 보면, 붓다의 삶을 사회 변화와 정치 현장에서 실천한 지도자들을 만나게 됩니다. 그들이 바로 간디와 암베드카르입니다. 간디는 상인계급 출신이었고, 암베드카르는 상위계급과 접촉이 금지된 불가촉천민 출신이었습니다. 이들 모두 영국에서 유학하며 법학을 공부하였습니다. 암베드카르는 인도 헌법을 기초하고 초대 법무부장관을 지냅니다. 이 둘은 다 같이 불가촉천민 계급의 폐지를 국가적으로 공언하는 데 뜻을 같이했지만, 간디는 불가촉천민 계급의 폐지 외에 힌두교의 카스트제도 폐지에는 반대했습니다. 그러나 암베드카르는 카스트제도가 인도를 망치고 있다며 폐지를 강력히 주장합니다.

종교적으로도 간디는 "종교는 집이나 망토처럼 바꿀 수 있는 것이 아니다"는 입장에서 개종을 반대하는 입장에 섰고, 암베드카르는 "종교적 정체성은 운명적인 것이 아니라 선택적인 것"이라고 주장하며 불가촉천민들을 향해 "행복하게 살 수 있는 세상을 원한다면 개종하시오"라고 연설(1935년)하여 인도사회에서 격렬한 논쟁을 일으키기도 합니다. 그러나 간디는 어디선가 붓다에 대해 "붓다는 힌두인 중에서 가장 위대한 힌두인"이라 평했고 불교의 핵심 가르침과 닿아 있는 아힘사(비폭력, 불살생)를 실천하였으며, 암베드카르는 "붓다의 출가는 정치적 망명"이라고 평한 적이 있습니다. 암베드카르는 자신이 제시한 4가지 기준에 따라 죽기 전에 50여 만 명의 불가촉천민과 함께 불교로 개종합니다. 암베드카르가 제시한 다가올 사회에 알맞은 종교의 4가지 기준은 "종교는 도덕성을 지녀야 하며, 과학적 이성과 조화를 이루어야 하고, 자유와 평등과 우애를 나타내야 하며, 빈곤을 정당화하거나 신성시해서는 안 된다"는 것입니다.

반면에 간디는 개종을 권하거나 강요하지 말라고 합니다. 그리고 카스트제도 문제에서도 간디는 그것을 역할론으로 새롭게 해석하여 카스트제도의 폐지에는 찬성하지 않습니다. 간디는 카스트제도의 본래 취지는 역할론이고, 세상이 돌아가려면 장사꾼도 정치꾼도 종교인도 있어야 하고 그런 역할들이 부여될 필요가 있었는데 후대에 오면서 그것이 불평등하게 되었다는 입장을 가지고 있었습니다. 처음에는 역할론으로서 서로의 존재를 인정하고 보호하고 평등하게 취급되었지만, 그것이 왜곡되어 불평등 구조로 간 것이니 본래 취지의 역할론을 살려내야 한다는 게 간디의 입장인 것입니다.

만약에 간디가 얘기하는 것처럼 카스트제도가 본래 취지대로 역할론이 실현된다면 문제될 것이 없는데, 그게 안 되는 것이 문제였고, 그것이 정상적으로 이뤄진다면 암베드카르도 굳이 카스트제도의 철폐를 주장하지는 않았을 것입니다. 그래서 나는 암베드카르와 간디의 생각이 다르지 않다고 봅니다. 다만 현재 나타나는 문제를 해결하는 방식에 대한 견해 차이입니다. 한 명은 원천적으로 부정해 타파해야 한다고 했고, 한 명은 본래 취지를 살려야 한다고 했습니다. 이 차이일 뿐이지, 내용적으로는 다르지 않다고 봅니다.

근본적 차이가 아니라 방식의 차이라고 본다면, 독립을 해야 하는 당시 인도의 상황에서 간디가 카스트제도를 원천적으로 부정하면서 운동에 나섰으면 과연 국민적 호응을 얻을 수 있었겠는가 하는 문제를 생각해볼 필요가 있습니다. 그것은 아마도 불가능에 가까웠을 것입니다. 인도 독립이라는 현실적 과제 앞에서, 상당히 전략적으로 고민할 수밖에 없지 않았을까요? 인도의 다수 실력자들과 대중들이 카스트제도를 신화처럼, 진리처럼 받아들이고 있는 상황에서 인도 국민 모두의 마음을 이끌어내야 하는데, 그걸 표명하는 게 가능했을까요? 상황에 맞게 일을 해가기 위해 전략적으로 많은 고민을 하지 않았겠는가 하는 생각이 듭니다.

종교 문제인 개종 문제도 그렇습니다. 암베드카르도 대단히 자유주의고 지성적인 사람인데 기독교인들처럼 개종을 강요하고 종교 활동 자체를 개종을 목적으로 하는 것을 용납하지 않았을 것입니다. 그럼에도 불구하고 50만 명, 60만 명이 집단적으로 불교로 개종하는 상황에서 수많은 사람들이 정말로 주체적으로 내용을 잘 알고 암베드카르의 지성이나 자유정신에 맞게 개종이 되었을까요? 그것은 불가능하였을 것이라 생각합니다. 그들은 다만 불가촉천민 신분에서 벗어나기 위해 개종을 선택했을 것입니다. 암베드카르가 생각하듯이 그렇게 지성적이고 자유주의적인 사고에서 개종한 것이라고는 생각하지 않습니다. 불교로 개종한 수많은 사람들은 불가촉천민이라고 하는 벽을 허물기 위해, 그 감옥에서 해탈하기 위해 개종한 것이지 자신이 제시한 4가지 종교선택의 기준에 따른 주체적 선택이었다고는 볼 수 없을 것입니다.

　그러나 간디가 개종을 권하거나 강요하거나 개종을 목적으로 활동하는 것은 옳지 않다고 부정했다는 것은 암베드카르와 조금도 다르지 않다고 생각합니다. 간디 이야기의 핵심은 종교는 말로 하는 것이 아니라 삶으로 하는 것이다, 삶으로 보여주는 것이다, 이런 이야기입니다. 그게 핵심이라고 생각합니다. 예를 들어 기독교인이 훌륭하게 살고 훌륭한 역할을 한다면 그걸 바라보거나 그런 과정에서 도움을 받았던 사람들이 자연스럽게 기독교인들에 대해 호감을 갖게 되고, 기독교에 대한 관심으로 이어질 것입니다. 그래서 "아, 나도 기독교를 믿어야겠다" 이렇게 되어야 한다는 것입니다. 그래서 "종교는 말로 하는 것이 아니라 삶으로 살아야 된다"는 것입니다.

　또 하나 생각해볼 것이 종교와 정치의 관계입니다. 앞서 암베드카르는 붓다 즉 싯다르타의 출가를 '정치적 망명'이라고 했습니다. 약소국 왕자의 정치적 선택이었다는 해석일 것입니다. 세속적 정치의 대안으로서, 즉 세속정치의 방식으로는 실현할 수 없었던 한계를 극복하기 위해 출세간적 실현을 위한 선택이었다는 해석을 그렇게 표현했다고 봅니다.

간디는 종교와 정치의 관계에 대해 그의 자서전에 "그것(진리)을 향해 애타게 올라가는 사람은 생활의 어떠한 면도 등한히 할 수는 없다. 그것이 나의 진리에 대한 헌신이 나를 정치로 끌고 들어간 이유다. 그러므로 나는 털끝만큼도 주저함 없이, 그러면서도 겸손한 마음으로 말할 수 있다. 종교가 정치와는 상관이 없다고 하는 사람들은 종교의 의미가 무엇인지 알지 못함을"이라고 쓰고 있습니다. 궁극적 진리 실현의 문제와 정치 즉 사회제도적 문제가 별개가 아니라는 것입니다.

정치와 종교의 문제를 달리 말하자면 사회제도의 문제와 개인의 구원 문제로 볼 수 있고 그것은 '따로-함께'의 문제입니다. 함께 하려면 제도가 있어야 하는 것이고, 따로 하려면 혼자 알아서 살면 되는 것입니다. 그러나 불교적으로 보면 '따로-함께'라는 것은 분리될 수 없는 것입니다. 나와 너, 개별과 전체는 분리될 수 없습니다. 그래서 늘 함께일 수밖에 없는데, 그 '함께'를 어떻게 공존과 균형과 조화를 이루게 할 것인가가 과제입니다.

그런 측면에서 간디를 보면, 개인의 각성, 개인의 구원 없이 사회 각성, 사회 구원은 없다는 주장을 자주 합니다. 사회가 개혁이 된다고 해서 개개의 사람도 저절로 개혁되는 것일까요? 그런 경우가 아예 없는 것은 아니지만, 사회가 개혁되더라도 본인이 해야될 일이 있다고 했습니다. 사회개혁에 의해 해결될 부분도 있지만개개인 또한 해야 될 부분이 있다고 했습니다. 이 두 가지가 늘 함께해야 된다는 것입니다. 함께 살아야 하니 제도적으로 해야 될 부분이 있고, 당사자 개개인이 주체적으로 해야 될 부분이 있으니 그조화는 끊임없는 과제가 될 수밖에 없다고 보는 것입니다.

간디를 이해하는 데 그의 이런 표현이 대단히 중요합니다. "배고픈 사람에게는 밥이 하느님이다." 간디는 이상주의자로, 이상주의 하면 주로 정신적인 것만 중요하게 생각하는 것으로 치부하는데, 간디는 굶주린 사람에게는 밥이 신이다는 표현을 씁니다. 결코 육체적인 문제를 소홀히 할 수 없다고 표현한 부분은 다같이 놓치지 말아야 할 중요한 부분입니다.

요즘 사회개혁을 외치는 목소리와 그 반대의 목소리가 부딪쳐심한 갈등을 빚고 있습니다. 이 목소리들은 서로를 바꾸려고만 합니다. 사회를 바꾸려고만 하고 개인을 바꿀 생각은 하지 않습니다. 상대를 바꾸려고만 하고 자신은 바꾸려고 하지 않습니다. 개인이해야 할 부분이 분명히 있는데, 그것은 제쳐두고 다른 것만 보고있습니다. 그 모습을 서로 삿대질하며 바꿔야 한다고 고함만 지

르고 있습니다. 이게 과연 옳은 일인지, 간디와 암베드카르를 보고
배워야 합니다. 이들은 무조건 개혁을, 독립을 하려고 하지 않았
습니다. 사회 구성원을 보며, 그들 개인의 역량을 최대한 끌어 모
으려고 했습니다. 이들의 지혜가 지금 우리 사회에 간절히 필요합
니다. 지금처럼 상대방을 바꾸려고만 들면, 우리들의 관계는 회복
하지 못할 정도로 병들게 됩니다. 이 병을 치유하기 위해서는 길고
긴 시간이 필요할지도 모릅니다. 지금 당장, 자신을 들여다보시기
바랍니다. 그 안에도 바꿔야 할 제도가 있습니다.

끊임없이
새로운 마음을 일으키기 위해서

　우리의 과거를 잘 해석하면 얼마든지 인도와 간디에서와 같은 전통과 사상, 문화가 있습니다. 단지 우리가 그런 것들을 중요하게 생각하지 않고 주목하지 않기 때문에 찾지를 못하는 것입니다. 근대화시기에 일어난 동학이 대표적인 경우입니다. 동학에서는 인내천(人乃天)이라고 말했습니다. 사람이 곧 하늘이다, 이것이 얼마나 대단한가를 우리는 간과하고 있습니다. 교과서에 나오니 그저 고리타분한 것으로 취급하고 있습니다. 이런 사상들을 현대적으로 잘 해석해서 미래지향적으로 승화시켜 나가야 합니다.

　존재가 하늘이라는데, 그것이면 다 된 것입니다. 하늘 같은 존재라면 하늘 같은 존재로 서로 존중하고, 하늘 같은 존재로서의 삶이 가능해진다면, 그것이면 다 만족스러운 것입니다. 자부심을 가질 만합니다. 충분하지 않습니까? 이것을 불교식으로 말하면 '본래 붓다'라는 말과 같죠. 사람이 곧 하늘이라는 말이나, 본래 깨달은 붓다라는 말이나 표현이 다를 뿐 같은 얘기입니다.

성자들, 현자들이 하는 얘기는 사실 대동소이합니다. 누구는 하느님이라고 하고, 누구는 붓다라고 하고, 누구는 사람이라고 합니다. 그 언어, 개념이라는 것은 강을 건너기 위해 잠시 필요하고 강을 건너면 버려야 하는 나룻배, 뗏목입니다. 그 말을 통해서 드러내고자 하는 뜻이 무엇인가가 중요한데 그것은 실상 다 같은 얘기라는 것입니다. 하느님, 부처님 이런 것들은 인격화시킨 개념이고, 도나 진리, 법이라는 말들은 철학적이고 논리적인 개념입니다.

간디를 또 다르게 보면, 불교 수행론으로 말하자면 끊임없이 응무소주 이생기심(應無所住 以生其心)한 사람입니다. 식민제국이었던 영국에 대해서조차 당연히 불신, 분노, 증오가 있을 수 있는데, 거기에 머물지 않고 새로운 마음으로 좋은 것은 얼마든지 인정하고 받아들이고, 함께할 수 있는 것은 함께했습니다. 과거의 마음, 부정적인 마음, 선입견, 관념, 편견 이런 것에 머물지 않고(應無所住) 끊임없이 새로운 마음을 일으킨 것입니다(而生其心). 이것이 바로 불교 수행론의 요체입니다. 문제는 우리가 불교 수행을 이렇게 해석하고 있지 않다는 것입니다.

우리의 예를 들어봅시다. 일본이라는 말을 들을 때마다, 우리는 과거의 마음이 생깁니다. 분노, 증오 같은 마음이 듭니다. 그런데 거기에 머물러 있는 한 우리는 일본으로부터 자유로워질 수가 없으며, 과거로부터 자유로울 수 없습니다. 그런데 얼른 정신을 차려서 나무아미타불 관세음보살 하고 염불을 하거나, '이게 뭐꼬?' 하고 화두를 챙기게 되면 일본을 생각하는 순간 일어난 일본에 대한 불신, 분노, 증오, 원망, 적개심의 감옥에서 벗어날 수 있는 것입니다. 일본을 상대로 하는 한 분노, 증오, 적개심을 갖는 존재일 뿐인데, 이때 얼른 정신을 차려서 관세음보살, 나무아미타불, 이 뭐꼬? 하면 이 감옥으로부터 벗어나서 나는 이제 이 뭐꼬? 하는 존재가 되는 것입니다. 즉각 관념의 감옥으로부터 해탈하는 것입니다. 그게 수행의 요체이고 전부라고 할 수 있습니다.

이렇게 하고 안 하고는 자기 몫입니다. 다행스러운 것은, 인간은 한 입으로 동시에 두 말 할 수 없고 한 몸으로 동시에 두 가지 행동을 할 수 없다는 것입니다. 한 마음으로 동시에 두 가지 생각을 할 수 없다는 것, 동시에 한 가지밖에 못 한다는 것입니다. 욕할 때는 나무아미타불 할 수 없으니, 욕할 때 얼른 정신 차려서 나무아미타불 하는 게 수행입니다. 입으로도 그렇게 바꾸고, 몸으로 바꾸고…….

이놈을 때리면서 동시에 밥을 줄 수는 없습니다. 어느 하나밖에 할 수 없는 것입니다. 그래서 끊임없이 과거인 것, 부정적인 것, 나쁜 것에 머물지 말고, 새로운 것, 좋은 것, 긍정적인 것으로 새롭게 태어나게 합니다. 이것이 바로 응무소주 이생기심 곧, 응당 머물지 말고 새로운 마음을 내라, 더 참된 마음을 내라 하는 것입니다. 머물지 말고, 끊임없이 새롭게, 참된 마음으로…… 과거의 감옥에서 벗어나는 방법입니다.

3부

지금 당장,
다시 살기

모든 것이
불타고 있다

　붓다의 삶에서 우리가 유심히 보아야 할 것이 있다면, 그가 머물던 자리입니다. 수행을 한다고, 도를 닦겠다고, 먼저 깨닫겠다고 사회의 문제에 등 돌리지 않았습니다. 경전에 보면 붓다는 탁발을 하러 갈 때를 제외하고, 직접 찾아간 곳은 몇 군데밖에 없습니다. 대부분 가르침을 청하는 곳이 있을 때만 찾아갔고 마을이나 도시 근처의 숲에 머무르며 찾아오는 이들에게 가르침을 폈습니다. 그런데 의도적으로 직접 찾아간 곳이 몇 군데 있는데 그곳이 모두 매우 상징적입니다.

　인도의 고도(古都) 중에 유명한 바라나시라는 곳이 있습니다. 힌두교도들이 성스럽게 여기는 7대 도시이자 인도의 가장 오래

된 도시 중 하나로 사업과 산업의 중심지였으며 카시 왕국의 수도 였다고 알려져 있는 곳입니다. 붓다 시대에 바라나시는 그야말로 새로운 문명이 꽃피고 온갖 문물이 왕성하게 넘쳐나며, 원거리 무역으로 부를 축적한 대상과 부호들의 집결지였습니다.

붓다는 자신이 깨닫고 난 후 첫 가르침을 펼 곳으로 이곳 바라나시를 선택합니다. 오늘날 한국불교의 전통적인 인식이나 풍토로 보면 산으로 숨어들어가야 할 것 같은데, 붓다는 바로 사람들이 북적대는 서울로 향한 것입니다. 가장 왕성한 도시, 가장 활발하게 움직이는 곳, 최첨단의 사상과 문물이 화려하게 거리에 넘쳐나는 강대한 왕국의 수도로 향해서 그곳의 지식사회와 젊은이들에게 영향을 미칩니다.

바라나시 인근의 사슴동산에는 붓다가 깨달음을 얻기 전 함께 수행하던 명석한 다섯 명의 수행자들이 수행을 하고 있었습니다. 붓다는 첫 번째로 이들을 찾아갑니다. 과거 이들과 함께 수행을 하던 때, 붓다는 6년여 간의 단식과 고행으로 몸이 극도로 야위었습니다. 지나던 사람들이 막대기로 귀를 찔러보고는 죽었다고 단정할 정도로 극단적인 상황으로까지 밀고갑니다.

그런 극단적인, 최고의 고행을 체험한 후에 소 치는 목동의 딸인 난다가 공양한 우유죽을 먹고 힘을 얻어 몸과 마음의 평화에 이르게 되고, 그런 연후에 보리수 아래서 완전한 깨달음을 얻게 됩니다. 이때 함께 수행하던 다섯 수행자는 붓다가 고행을 끝내고 음식을 먹는 것을 보고는 그를 타락한 수행자라고 비방하며 떠나갔습니다.

붓다는 깨달음을 얻은 연후에 자신이 깨달은 바를 가장 빠르게 이해할 사람을 찾았습니다. 바로 이들 다섯 수행자였습니다. 이들은 박식하고 경험이 풍부하고 지혜로운 이들이었고 문물이 번성하는 도시의 다양한 사상과 철학들을 섭렵하고 세상과 교류하고 있는 당대의 지성이었을 것입니다. 붓다는 바라나시 인근의 이곳 사슴동산에서 수행하고 있던 이들 다섯 수행자를 만나 집중적으로 가르쳤습니다. 완벽한 과외수업이었습니다.

그때의 이야기는 경전에 씌어 있습니다. 붓다는 셋을 탁발 보내고 둘을 가르쳤다고 했습니다. 셋의 탁발로 붓다를 포함한 여섯 명이 살아가는 방식으로 시간을 아껴 열성적으로 가르쳤고 마침내 이들 다섯 모두 붓다의 가르침을 이해하고 깨달음을 얻게 됩니다.

붓다는 문물이 번성한 도시에서 탁발을 하며 수행하는 박식한 지식인 다섯 명에게 자신이 깨달은 바를 단기간에 이해시킴으로써 문명의 도시, 지식사회에 그의 존재를 자연스럽게 드러내 보이게 되었을 것입니다. 이것은 의도적이며 전략적인 행동이라고 보지 않을 수 없습니다. 아니나 다를까 이들 다섯 명을 가르쳐 깨달은 이후로 이곳 사슴동산에서 바라나시 대부호의 아들이 귀의하여 신도가 되고, 그의 친구들 수십 명이 집단으로 출가를 합니다. 우리는 붓다의 이 첫 번째 행보를 통해서 붓다가 세상의 흐름, 사회문화적 풍조, 그 시대를 살아가는 사람들, 특히 문명의 가장 첨단에 선 이들의 삶과 그들이 가진 번민이 어떤 것이었는지를 꿰뚫어보고 그들의 변화를 통하여 사회적 변화와 완성을 추구하였다는 것을 알 수 있습니다.

그 뒤, 붓다가 의도적으로 찾아간 상징적인 곳이 카샤파 삼형제가 이끄는 종교 교단입니다. 카샤파 삼형제는 고대 인도의 중심지대 역할을 했던 마가다국에서 최대의 교단을 이끄는 종교 지도자들이었습니다. 그들 중 맏형은 붓다보다 나이가 많았습니다. 이들 삼형제는 불을 섬겼으며 각각 500명, 300명, 200명의 제자를 둔 최대 종교 지도자였습니다. 붓다는 이제 겨우 다섯 명의 제자를 둔 상태였지만 이들을 설복시켜 제자를 삼습니다. 지금으로 치면 가장 존경을 받았던 종교 지도자 중 한 사람인 김수환 추기경 같은 원로를 찾아가 설득을 하고 설복을 시킨 것에 견줄 만한 매우 상징적인 사건이라고 할 수 있습니다. 붓다는 이들 1천 명의 제자들을 이끌고 인근의 가야산에 올라, 불을 숭배하였던 이들을 향해 "모든 것은 불타고 있다"는 유명한 가르침을 설합니다.

"제자들이여, 모든 것은 불타고 있다. 무엇으로 불타고 있는가? 욕망으로, 증오로, 어리석음으로 불타고 있다. 생·노·병·사·슬픔·괴로움·절망으로 불타고 있다. 그러므로 이것을 알고 눈에 보이는 것들, 느끼는 것들, 여기서 오는 괴로움과 즐거움에 집착하지 말아야 한다."

마치 예수의 산상수훈을 떠올리게 되는 장면입니다. 아마도 제자들 이외에 소문을 들은 도시의 수많은 시민들도 이 장면을 직접 목격했을 것입니다. 이로써 붓다는 일약 마가다국 최대의 교단을 세우고, 세속에는 마가다국 국왕이 있다면 출세간적으로 이에 견줄 만한 마가다국 최고, 최대의 종교 지도자가 됩니다.

붓다가 직접 찾아간 상징적인 사람이 있습니다. 살인자 앙굴리마라입니다. 앙굴리마라는 사람을 죽이고 손가락을 잘라 목걸이를 만들어 걸고 다녀서 온 세상 사람들을 두려워 떨게 한 희대의 살인마였습니다. 그런데 재미있는 것은 그가 100명을 죽이면 종교적 소원을 이룰 수 있다는 잘못된 믿음을 갖고 있는, 우발적인 범죄자가 아니라 이른바 확신범 또는 일종의 사상범이었다는 것입니다. 그가 99명을 죽이고 이제 막 100번째 죽임을 당할 사람을 찾고 있다는 소문을 듣고 그 100번째 희생자를 자청하여 붓다는 그에게 나아갑니다. 제자들과 모든 사람들이 위험하니 가지 말라고 말렸지만 추호의 흔들림 없이 그에게로 나아갔습니다.

그런데 어떤 일이 벌어졌을까요? 붓다가 100번째 희생자를 자청하여 갔다는 소문을 들은 앙굴리마라의 어머니가 급히 달려와서 붓다를 죽이려는 자식 앙굴리마라를 가로막고 나섭니다. 붓다를 해치면 안 된다며 차라리 자신을 죽이라고 간청하는 어머님의 모습을 보고 있는 가운데, 부처님은 그의 살인을 멈추게 합니다. 그리고 그는 곧바로 개과천선하여 머리를 깎고 붓다의 제자가 됩니다.

붓다는 물싸움판에도 찾아갑니다. 가뭄이 들자 로히니강(江)을 사이에 두고 서로 물을 끌어다 농사를 지으려는 두 부족 간에 물싸움이 벌어졌습니다. 마침내 사람이 상하게 될 지경에까지 이르지만 어떤 종교 지도자도, 정치 지도자도 이들을 말리지 않았습니다. 이들을 향해 감히 어느 누구에게 양보하라, 인간의 미덕을 발휘하라고 입을 떼지 못한 것입니다. 그런데 이 물싸움판으로 붓다가 직접 찾아갑니다. 붓다는 이들에게 사람이 소중한지, 물이 소중한지 아주 근본적이고 간단명료한 질문을 던집니다. 아주 간명한 물음으로 이들의 분쟁을 종결시켰습니다. 붓다가 그들에게 한 물음은 간단명료한 것이었지만, 그 장면을 생생하게 상상해본다면 직접 싸움판으로 뛰어들어 어리석은 행동을 꾸짖는 붓다의 자태는 엄정하고 엄숙하였을 것입니다.

붓다는 전쟁터에도 찾아갔습니다. 이것은 물싸움판보다 큰 싸움판입니다. 강대국인 코살라국이 붓다의 고향인 카필라를 침공하여 동족인 석가족을 멸망시키고자 하였을 때, 이를 말리기 위해 늙은 몸으로 뙤약볕 아래 앉아 코살라 군대의 길을 막았습니다. 간디도 익히 언급한 바 있는 인도의 그 살인적인 뙤약볕 아래, 군대를 가로막고자 세 번씩이나 노구를 이끌고 몸소 앉아 있었습니다. 한 장의 나뭇잎도 없는 나무 아래 앉아 있는 붓다에게 코살라국 왕이 그 연유를 묻습니다. 그러자 붓다는 "친족의 그늘은 서늘하다"고 말합니다. 내 친족들을 다 죽이면 나는 이 그늘 없는 나무 밑에 뙤약볕 아래 고통스럽게 앉아 있는 것과 다르지 않게 된다는 호소였습니다. 그러나 그 호소가 세 번째는 통하지 않았고 결국 석가족은 멸망당합니다. 비록 석가족의 멸망을 막지는 못하였지만 이러한 붓다의 행동은 출가수행자, 깨달은 사람의 행동에 대해 깊은 인상을 남깁니다.

이처럼 붓다가 직접 의도하여 찾아간 곳은 모두 사회적으로 매우 첨예한 문제의 현장이었습니다. 그릇된 믿음과 갈등, 극단적인 사회병리현상이 드러난 곳이었습니다. 불교가 짧은 시간에 당시 사회에서 그렇게 큰 호응을 받을 수 있었던 것은 이런 붓다의 행동 맥락들과 관계가 있습니다. 요즘으로 치면 4대강 사업, 한진중공업이나 제주 강정마을 같은 중요한 사회적 갈등, 사회적 문제들에 대해 회피하지 않고 정면으로 발언하고 현장으로 나간 것입니다. 공허한 진보-보수 진영논리들이나 20세기에나 있을 이념논쟁들이나 일삼으며 방대한 세력을 유지하는 지도자들을 향해서 실상을 바로 보라고, 불을 섬기는 종교 지도자들에게 "모든 것이 불타고 있다" 하였듯이 근본적인 화두를 던지는 것입니다.

물론 붓다의 이런 선택들은 출가 전에 왕자로서, 정치 지도자이자 통치자로서의 교육과 훈련을 충분하게 쌓은 준비된 지도자였기 때문에 가능했을 것입니다. 우리는 이런 면에서 보아도 붓다의 출가가 단순히 개인의 내면적 완성을 위한 것에 그치지 않고 사회적 완성, 사회적 고통의 극복을 위한 선택이었음을 확인할 수 있습니다. 정복전쟁을 통한 정치적 통일과 통치의 길이 아닌 대안적인 사회혁신의 길을 출가에서 찾았다고 볼 수 있습니다.

　붓다가 단순히 개인적인 고민만을 갖고 출가했다면 이렇게 깨달은 이후에 왜 번잡하고 화려한 도시를 찾아갔는지 그 이유를 설명해주지 못합니다. 뭔가 모든 사람이 공통적으로 풀어야 할 문제, 요즈음 말로 하자면 자기완성과 사회완성에 대한 고민을 동시에 갖고 출가한 것이라는 사실을 짐작할 수 있습니다. 붓다의 삶을, 국민들의 선택에 의해 선출된 정치인들은 새겨들어야 합니다. 이 둘이 적절한 조화를 이룰 때, 사회적 문제도 하나씩 풀어갈 수 있는 것입니다. 그러지 못할 경우에는 국민들도, 정치인들도 서로 자기 삶을 살기 바쁠 것입니다. 나도 붓다의 말을 빌려 말하겠습니다. "모든 것이 불타고 있다."

사람에게 가장 중요한 일은 무엇일까?

이 세상을 살아가면서 우리는 쉽게 착각에 빠집니다. 거꾸로 생각을 하며, 헛된 망상에 쉽게 사로잡힙니다. 세상을 제대로 보지 못하니 감각적인 욕망에 몸을 내맡기고 고통을 바로 잡으려고 하지 않습니다. 피하려고만 합니다. 이런 전도몽상에 빠지지 않고 실재를 실재 그대로 보는 세계관, 관계의 세계관에 익숙해지려면 어려서부터 교육과 학습을 통해서 자연스럽게 터득하고 몸에 배게 하는 게 중요합니다. 그런데 우리의 교육은 실재를 통해서 궁리하고 생각해서 주체적으로 결론을 찾아가는 것이 아니라 정리된 지식을 말과 문자로 머릿속에 집어넣는 방식으로 합니다.

영혼이 없는 교육이라고 합니다. 특정한 종교와 상관없이 요즘 세상에서 하는 교육이 영혼이 없는 교육이 되는 것은 오히려 덜 큰 문제일 수 있습니다. 그러나 영혼을 전문적으로 다루는 대표적인 사회조직인 종교집단에 영혼이 없다는 것이 오히려 더 큰 문제입니다. 영혼을 전문적으로 다루는 종교집단에 더 큰 사회적 책임이 있습니다. 종교집단마저도 물신화되고 근본을 보지 못하기 때문에 그런 현상이 깊어지는 것이고 더욱 깊은 책임을 느껴야 한다고 봅니다.

순례 도중에 아이들에게 강의를 한 적이 있습니다. 아이들에게 "사람에게 제일 중요한 게 무엇일까? 너 자신에게 제일 중요한 게 무엇일까?" 하고 물었더니, 왁자지껄 막 얘기를 합니다. 그래서 "제일 중요한 건 네 목숨이다, 생명이다" 하니까 아이들도 그런 정도는 다 공감을 합니다.

두 번째 질문을 던졌습니다. "훌륭한 사람이 되고 싶어 하는데, 훌륭한 사람이 되려면 어찌해야 되는가, 훌륭한 사람이 되려면 훌륭한 일을 해야 된다, 훌륭한 일을 하면 훌륭한 사람이다. 그럼 훌륭한 일은 무엇일까?" 하고 물었더니 또 막 이야기를 하다가, "훌륭한 일이라는 게 여러 가지지만, 가장 중요한 훌륭한 일은 생명을 살리는 일이다." 이렇게 이야기하고 또, "그럼 생명을 살리려고 한다면 생명을 알아야 하는데 생명이 어떻게 생겼나"하고 풀어가면 또 아이들도 쉽게 이해합니다.

그렇게 함께 이야기를 주고받고 이어가다보면 가장 훌륭한 일은 농사짓는 일이라는 결론에 도달하게 됩니다. "너희들이 훌륭한 사람이 되고 싶다고 했으니까 훌륭한 사람이 되려면 훌륭한 일을 해야 되는데 최고로 훌륭한 일은 생명을 살리는 일이고, 인간이 하는 일 중에 생명을 살리는 일은 농사짓는 일이다. 고로 우리는 농부가 되어야 한다." 이런 결론이 자연스럽게 나온 것입니다.

농부가 최고다, 농부가 가장 가치 있고 가장 훌륭한 사람이다, 고로 농부가 되어라 하고 권장하는 사람이 우리 사회에서 아무도 없었기 때문에, 아이들이 공감하는 모습을 보고 함께했던 선생님들이 오히려 놀랐던 일이 있습니다. 충격이었다는 것입니다. 이것은 전혀 논리적 비약 없이, 누구도 동의할 수밖에 없는 실재, 실상에 따른 결론이니까 정확한 내용입니다. "너희들도 훌륭한 사람이 되려면 농부가 되어라"라는 얘기에 충격을 받았다고 했는데 그것은 우리가 이것은 저것이다, 라고 생각하고 말하고 살아왔기 때문에 진실을 얘기하는데도 충격으로 받아들였던 것입니다.

부모들은 아이들을 어른들의 욕심에 맞춰서 키우려고 하는 경향이 있습니다. 아이들을 좀 놔두어야 합니다. 아이들을 놔두는 공부를 어른들이 해야 한다는 것입니다. 결국엔 어른들 욕심에 맞춰서 애들을 키우는 결과가 되는데 그것이 문제인 것입니다.

순례 중에 들은 일화를 하나 소개하면 이렇습니다. 아이들 엄마는 학교 선생으로, 전교조 활동을 한다고 합니다. 엄마가 매일 애들을 팽개쳐놓고 활동한다고 돌아다니니까, 아이들은 그 아파트 단지 안 아무것도 없는 주차장에서 둘이서 놀았다는 겁니다. 거기서 뭐 하고 놀았느냐고 아이들에게 물었습니다. 다 놀 수 있다고 그럽니다. 큰 아이가 "내가 좋은 거 보여줄게. 아주 좋은 거. 눈 감아봐." 하면서 눈을 가리고 데려가는 겁니다. 좋은 거 있는 데 간다고 하면서…… 한참 가면 이제 벽이 나옵니다. 그럼 "자 보여줄게. 짠!" 가린 눈을 풀어준다고 합니다. 그러면 "와아!" 하면서 웃고 논다는 겁니다. 그것조차 아이들에게는 재미있는 놀이입니다. 그런데 어른들은 걱정을 합니다. 뭘 해줘야 하는데, 뭘 사줘야 하는데…… 하면서 어른들의 욕망을 아이들에 비춰 생각을 합니다.

실상사에서 이런 일도 있었습니다. 추운 겨울인데 길을 가다보니, 7살 정도 되어 보이는 꼬마 둘이서 꽁꽁 언 천에 앉아 무언가를 하고 있었습니다. "추운 데서 뭐 하나?" 물으니 "얼음놀이해요." 그럽니다. 아무리 추워도, 아이들은 얼음 깨고 놀이를 하면 그저 즐겁습니다. 아이들은 이렇게 살고 있는데, 어른들은 장난감을 만들어 줘야 하고, 이것도 해주고 저것도 해줘야 한다고 생각합니다. 이런 어른들이 아이들을 바보로 만드는 겁니다.

아이들에 대한 신뢰가 없다는 것, 그것이 가장 큰 문제가 됩니다. 아이들 스스로 삶을 만들어갈 수 있는 가능성을 어른들이 박탈하고 있습니다. 아이들 스스로 뭔가 작동하도록 해줘야 하는데, 신뢰하지 않으니까 어른들이 뭘 해줘야 한다고 생각하게 되는 것입니다.

아이들은 자기 수준에 맞게 뭐든지 할 수 있는 모든 가능성을 갖고 있습니다. 그것을 어른들이 조금만 도와주면 됩니다. 스스로 작동하도록 지켜주면 됩니다. 그런데 어른들은 아이들이 분별도 없고 무능력하니까, 모든 걸 다 해줘야 한다는 착각에 빠져 있는 것입니다. 거기다가 현대 교육한다는 사람들을 보니, 아이들을 경쟁논리 속에서 가르칩니다. 경쟁논리가 개입되어버리니까 불난 데 부채질하는 꼴이 됩니다. 1등 논리가 들어오면 또 기름을 붓는 격이 됩니다.

교육은 아이들에 대한 믿음이 가장 중요합니다. 아이들 스스로 모든 걸 해나갈 수 있는 가능성이 있습니다. 어른들은 조금만 도와주는 것입니다. 그 가능성이 정상적으로 작동할 수 있도록 도와주는 정도면 됩니다. 이렇게 생각을 바꿀 필요가 있습니다.

자녀교육에 쏟아붓는 부모들의 열정이 너무 지나쳐서 영어학원 하나 늘 때마다 정신과 병원이 하나 생긴다는 말까지 있습니다. 부모들은 아이들이 스스로 자기 삶을 창조해 나갈 수 있다는 믿음을 갖는 것이 매우 중요합니다. 모든 가능성을 지니고 있다는 믿음을 갖고 지켜보는 것입니다. 가만히 지켜보면, 아이들이 기어다니는 것도 부모가 가르쳐서 기어다니는 것이 아닙니다. 일어서는 걸 부모가 가르쳐서 되는 것이 아니라는 것을 알 수 있습니다. 스스로 자기 삶을 살아가게 하는 가능성이 있기 때문에 필요조건이 형성되면 스스로 다 행합니다.

다만 어른은 도와줄 뿐입니다. 지금 부모들은 자식에 대해 이 믿음이 없는 것 같습니다. 아이라는 생명체가 스스로 삶을 완성해 갈 수 있는 가능성을 가지고 있다고 믿는 것이 필요합니다. 그런 가능성을 도와주는 역할로 부모가 있는 것입니다.

현재 한국 사회를 보면, 선생도 부모도 그 믿음이 없는 것으로 느껴집니다. 그러고는 자기가 그리고 있는 인생으로 아이들을 만들어가려고 합니다. 그것을 자식에 대한 사랑이라고, 제자에 대한 사랑이라고 착각을 합니다. 생명의 존재인 내 아이들에 대한 믿음이 가장 중요합니다. 그런 관점과 입장을 가져야 합니다.

그리고 자녀들, 젊은이들은 이미 나 있는 길, 많은 사람들이 가는 길만 바라보고 가지 않았으면 합니다. 전망이 가장 안전하고 좋은 길, 모두 그 길로만 가려 하니까 전망이 없는 것입니다. 전부 거기에 몰려 있으니 길은 답답하기만 합니다. 주체적으로 개성 있게 창조적으로 길을 찾아가야 하는 것입니다. 그러니까 대범하게 배짱을 가지고 길을 찾고 판단해야 합니다. 인생에서는 배짱이 필요합니다. 좋은 조건과 문제의식을 가졌다면, 주체적인 배짱을 갖고 자기 소리를 따라 찾아서 가는 것이 좋습니다. 자꾸 바깥의 소리만 따라가지 말라는 말입니다.

내 개인적인 경험도 그렇습니다. 바깥의 소리를 따랐으면 전혀 다른 삶을 살았을 것입니다. 선방에 파묻혀 있었거나 아니면 금산사 주지를 하고 있거나…… 종회의원 하고, 총무원장을 향해서 준비하고, 그것은 나와 엮어진 인연으로 볼 때 당연한 수순입니다. 하지만 나는 그런 것에 별로 관심이 없었습니다. 나는 내 안에서 울려오는 소리대로 살아왔다고 할 수 있습니다. 불가피한 상황에서 주어진 일을 하게 될 때에도 스스로 검토해서 가치 있다고 생각되는 것이 있을 때에 최대한 그것을 담아 같이 해결하는 것으로 소화를 시키려고 했습니다. 스스로의 소리를 따라서 스스로의 길을 찾아갈 수 있도록 개발해주고 익히도록 하는 것이 중요하다는 생각입니다.

지금 당장, 자신의 안에서 무슨 소리가 들려오는지 가만히 귀 기울여보셨으면 합니다. 자신 안에서 들려오는 소리를 믿음을 갖고 대하셨으면 합니다. 아이들은 아이대로, 청년은 청년대로, 어른은 어른대로 스스로 무엇인가를 작동하는 힘이 있습니다. 그 힘을 가지고 주체적으로 살아가셨으면 합니다.

　나이가 들어서도 실상을 잘 알아야 합니다. 한 그루의 나무를 보더라도, 새싹과 줄기가 자라고, 잎사귀가 나고, 꽃이 피고, 열매가 맺고 합니다. 사람으로 말하자면 새싹은 아이고, 열매는 노인입니다. 그러면 어느 시점 어느 상태가 가장 중요하고 가치 있을까요? 새싹일까, 자라는 때일까, 꽃 필 때일까, 열매가 맺을 때일까요? 사실 우리는 어떤 특정한 상태가 완성된 상태라고 생각하는데, 실상은 그렇지 않습니다. 그건 관념일 뿐입니다.

　실상은 매 순간순간이 중요한 시점이고, 매 순간순간이 완성된 상태입니다. 새싹은 새싹대로 열매는 열매대로 완성된 상태입니다. 그러니 노인도 그 상태가 가장 중요한 시점입니다. 가장 완성된 상태이기도 합니다. 자기 존재감이 엄연한 것입니다. 우린 늙었으니 쓸모없다고 생각할 것이 아니라 아이가 한 존재로서 존엄하듯이, 장년이 존엄하듯이 노인도 그렇다는 자각과 확신이 필요합니다. 그리고 사회적으로 그런 문화가 생겨야 합니다.

노인이 되면, 인생이 끝난다고 생각하게 됩니다. 또는 죽은 다음에 대한 두려움이 생깁니다. 걱정하는 것들이 있게 마련입니다. 당연한 문제입니다. 인생은 매 순간순간뿐이다, 늘 죽느냐 사느냐 하는 상황이 생기고, 또는 죽을 수밖에 없는 그런 상황이 생깁니다. 실상을 보면 우리는 늘 죽느냐 사느냐 하는 현실에 직면해 있습니다. 불교에선 하루 낮 하루 밤에 만 번 나고 만 번 죽는다는 말이 있습니다. 숨을 들이쉬지 못하면 죽는 것입니다. 밥 먹고 변 못 보면 죽는 것입니다. 사실은 이처럼 늘 생사의 기로에 있습니다.

위기 아닌 적이 없습니다. 늘 죽고 사는 문제입니다. 그런데 우린 이 실상을 보지 못합니다. 인생 여든쯤 되면, 그때쯤 죽는 거라고 생각하는데, 그게 아닙니다. 사실 우리는 늘 생사에 직면해 있습니다. 이것을 잘 꿰뚫어보는 것이 중요하다고 생각합니다. 하나는 존재감, 다른 하나는 늘 지금 현재가 그 삶의 전부다, 라는 생각을 가지고 살아야 합니다. 과거도 미래도 아니고, 지금 현재를 주체적으로 창조적으로 잘 살면 된다는 생각을 해야 합니다.

오늘 도둑질하면, 내일 감옥에 갈 확률이 높아지는 것이고, 살아서 잘못하면 죽어서 지옥 갈 확률이 높아지는 것입니다. 그러니 다음 걱정보다는 현재의 삶을 얼마만큼 의미 있게 살 것인가를 생각해야 합니다. 재미있게 보다는 의미 있게 살아야 합니다. 감각적 재미만을 생각하는 것은 결국 자기 삶을 피폐하게 만드는 것입니다. 감각적 즐거움이 늘 충족될 수도 없는 것입니다.

노인으로서 의미 있는 삶을 꾸려가기 위해 생명을 가꾸는 일을 하는 것이 매우 중요하다고 봅니다. 고추나무라도 한 그루, 나무라도 한 그루 가꾸면서…… 또는 이웃과 사회에 필요하고 도움되는 일들을 내가 할 수 있는 한 하는 것이 삶을 훨씬 더 밝고 활기차게 합니다. 우리 마을 어른이 소중한 고추라는 생명을 가꾸며 사는 분이네? 우리 집에서 우리 동네에서 우리 어른이 정말로 꼭 필요한 일들을 하시는 분이네? 이런 생각이 오가면 노인들 본인도 보람 있지만 젊은 사람들도 어른에 대한 생각이 달라지고, 어른이 이런 분이구나 하는 신뢰와 존경심도 갖게 됩니다.

그렇게 하면 노인도 자존감으로 의미 있는 삶을 사는 것이 가장 바람직하고, 그렇게 살면 죽음이나 죽음 이후 문제를 걱정하지 않아도 좋은 삶이 된다고 생각합니다. 노인은 노인으로서 가치가 있는 것입니다. 스스로도 사회적으로도 그렇게 생각해야 하는 것입니다.

삶의 매 순간이 완성의 상태입니다. 매 순간을 최선을 다해 살아야 합니다. 노인뿐만이 아니라, 지금 이 순간을 살아가는 사람이라면 누구나 그렇게 살아야 합니다. 한 그루의 나무에게는 새싹이었던 시절이, 꽃을 맺었던 시절이, 열매를 맺는 시절이 있습니다. 어느 시절이 가장 중요한 가치가 있다고 말하지 못합니다. 어느 시절을 빼면, 과거도 미래도 무의미합니다. 바로 이 순간이 우리에게 가장 가치 있는 지점입니다. 이 지점에서 최선을 다한다면, 과거도 미래도 의미 있는 삶이 될 수 있습니다.

쌍용자동차 해고 노동자들의 연이은 자살이 있었습니다. 노무현 전 대통령이나 현대그룹의 정몽헌 씨도 자살로 세상을 떠났습니다. 최근 새해 벽두에 있었던 유명인의 자살, 그리고 힘없는 사람들의 자살이 전염병처럼 번지고 있습니다. 우리나라의 자살률이 OECD 국가 중에서 최근 몇 년 연달아 1위를 기록하고 있다고 합니다.

사람들이 왜 자살을 선택할까요? 인간이라고 하는 존재는 끊임없이 최선의 선택을 합니다. 왜냐하면 태어나는 것 자체가 살고자 하는 것이기 때문입니다. 끊임없이 최선의 방법을 찾아서 선택하게 되어 있습니다. 그러니까 자살이라는 것도 그 행위의 잘잘못을 판단하기 전에 자살을 행한 사람 입장에서 그 자신에게는 제일 나은 방법으로 선택된 것이라고 생각해볼 필요가 있습니다. 그렇게 본다면 자살이라고 하는 것이 과연 개인적인 선택이라고 할 수 있을까요? 사회가 그것을 최선의 선택이게끔 한 것은 아닐까요? 이런 생각에 도달하게 됩니다.

그런 관점에서 보면 대승불교사상에서 "어떤 번뇌도 홀로 고립된 것은 없다"고 보는 것은 매우 탁월한 관점이라고 봅니다. 자살을 한 사람이 최선의 선택을 한 것이라고 본다면 결국 어떤 한 사람의 자살은 반드시 사회적인 것일 수밖에 없고, 그렇게 보면 우리 사회가 얼마나 심각한 병을 앓고 있는 사회인지를 잘 드러내주는 현상인 것입니다.

어떤 사람이 어떤 물건을 도둑질하겠다고 마음을 먹으면, 치밀하게 계획을 세웁니다. 그런데 그 사람이 개인적으로 나쁜 사람이기 때문에 도둑질을 하려고 계획을 세웠을까요? 본인의 조건과 처지, 능력 등을 따져보면 도둑질만이 그 사람이 선택할 수 있는 최선의 선택일 수도 있다는 생각을 해볼 수 있습니다. 이렇게 생각하고 따지고 보면, 어떤 사람의 도둑질을 단순히 '범죄'로 바라보는 사고방식을 되돌아봐야 합니다. 무조건 범죄로만 치부하고 마는 사고방식 자체에 문제가 있는 것은 아닌지 질문을 던져보아야 합니다.

이런 면에서 특히 종교가 할 일이 많습니다. 그것을 '범죄'로서가 아니라 병리현상으로 보면 병과 환자는 분노의 대상이나 증오의 대상이나 적개심의 대상이나 타도의 대상이나 징벌의 대상이 아니라 보살핌의 대상이고, 배려의 대상이고, 치유의 대상이고, 관심의 대상이 됩니다. 그런데 이를 범죄로 규정하는 순간 분노, 증오, 복수심, 징벌심이 정당화됩니다. 그리고 모든 사람들에게 분노와 적개심의 DNA가 형성되는 결과를 만듭니다.

징벌을 통해 문제를 일으킨 그 한 사람은 처리가 된다고 하더라도 그런 식으로 분노와 적개심이 정당화되고 확대재생산이 됩니다. 그 결과는 심각한 삶의 황폐화로 나타납니다. 그러나 병리로 보면 연민과 보살핌과 치유의 마음이 생산되고 그래서 새로운 살림, 새로운 태어남이 가능해집니다. 그 결과는 인간적 신뢰와 애정, 편안함과 따뜻함의 바람직한 삶으로 나타납니다. 이런 점을 문명사적으로 뼈아프게 반성하고 성찰해야 합니다. 그리고 새로운 대안을 추구해야 합니다. 이 역할을 하는 것이 종교 본연의 사명입니다.

위로나 치유에 대해서도 다시 생각해봐야 합니다. 온통 세상이 위로와 치유가 필요하다고 합니다. 어떠한 고통과 문제가 나타나고 위로하고 치유하는 현상을 보면, 잘 보호하고 보살피는 쪽으로만, 그것만이 위로와 치유라고 생각하는 것 같습니다. 그 부분에서 의심이 많이 듭니다. 그것은 마치 과보호의 연장선에 있는 것과 같습니다.

우리 사회에서 지금 보살핌이 중요하다고 하지만 한편으로는 과보호도 상당히 문제가 되고 있다는 생각을 해봐야 합니다. 특히 우리 아이들은 성장과정에서 배짱과 패기 같은 기질이 형성되어야 하는데, 그게 너무 무력화되었습니다. 과보호 때문에 나타나는 문제가 많습니다. 그렇게 생겨난 문제를 또다시 치유와 보살핌으로 접근하려 하기보다는 과보호가 되지 않도록 잘 살펴서 풀어내는 것이 바람직합니다.

여름엔 더위 속에서, 겨울엔 추위와 함께, 아픔이 있고 슬픔이 있고 고통이 있는 현장에서 아이들을 키워야 합니다. 그런데 현장과 분리시키고, 괴리된 채로 교육시킨 결과가 과보호의 아픔으로 나타나고 있습니다. 그렇기 때문에 과보호의 연장선상에서 치유하고 보살피는 것은 적절하지 않고 제대로 된 효과를 내기 어렵다는 것입니다.

살인이고 자살이고 그 사람 나름대로는 최선의 선택이 아니었을까 하는 생각이 필요합니다. 그렇다면 그런 선택을 하게 된 배경, 그런 사회적 병리현상을 보아야 하고 그것을 병으로, 아픔으로 대면해본다는 관점도 놓치지 말아야 합니다. 그렇다고 잘못된 방식으로 접근하여, 치유하고 보살피면 다른 문제가 생길 수도 있다는 것을 알아야 합니다. 모든 문제의 책임은 '우리'에게 있습니다.

살아야 할 이유는 무엇일까요. 자살, 죽음 같은 것은 무거운 주제이지만 명료하게 말하자면, 우리는 태어났기 때문에 살아야 합니다. 제일 중요한 것은 살고 싶은 것입니다. 현재 삶보다 더 중요한 것은 없습니다. 우스갯소리로 극락 가고 싶은 사람 손 들라고 하면 다 손 들겠지만 지금 바로 가고 싶은 사람 손 들라고 하면 아무도 손을 안 든다는 얘기가 있습니다.

살아야 할 이유로서 우리가 잊지 말아야 할 것은 연기론적 세계관, 관계론적 사고방식입니다. 이 말이 무엇이냐면, 때로는 "너를 위해서 내가 살아야 하는 것"입니다. 네가 없는 내가 존재할 수 없지만, 내가 없는 너도 존재할 수 없기 때문에 나를 위해서만이 아니라 내가 없이는 네가 없기 때문에 너를 위해서 내가 살아야 한다는 것입니다. 인간이 이기적인 것으로만 생각하는데 연기론적으로, 관계론적으로 보면 그렇지 않습니다.

"타인을 위해, 이웃을 위해서 잘 살아야 한다."

"나의 삶이 제일 귀하고 좋기 때문이지만, 상대적으로는 너를 위해서 내가 살아야 하는 것이다."

"너의 행복을 위해 내가 따뜻해져야 하고 너를 위해 웃지만 웃는 나도 좋다."

이게 바로 불교의 '자리이타'(自利利他: 자기 자신에게 이익되면서 타인에게도 이익되게 한다는 대승불교의 수행론)의 사상입니다. 자리(自利)와 이타(利他)는 선후의 문제가 아닙니다. 그대로 존재의 실상(實相)인 것입니다.

세계는 여러 국가로 나뉘어져 있고, 그리고 믿는 종교도 다릅니다. 또한 이익이라는 관점, 너와 나라고 하는 관점에서 나누어지지만 실제로는 죽으나 사나 같이 살도록 되어 있습니다. 중중무진(重重無盡: 온 우주가 무한한 관계로 일체화되어 있는 존재라는 것)으로 그물의 그물코처럼 분리시키려고 해도 분리시킬 수 없는 것이고, 죽으나 사나 함께 살 수밖에 없는 것이 생명의 존재법칙과 질서라는 것입니다. 이러한 사실을 바르게 알고 바르게 받아들여야 합니다. 국가라는 이름, 집단이라는 이름, 이익이라는 이름, 종교라는 이름, 우리 집과 너희 집이라는 이름, 남자와 여자라는 이름으로 관계를 깨고 있는데, 실제는 그럴 수가 없는 것입니다. 이것은 세계관의 문제입니다.

세계는 공동체로 이루어져 있고 존재 자체가 공동체로 살아가도록 되어 있습니다. 따라서 공동체로 사고하고 말하고 행동해야 합니다. 자살도 누군가의 관심이 있었다면 충분히 예방할 수 있는 문제입니다. 아무리 삶이 힘들어도, 아무리 세상 살기가 버겁고 혹은 화가 나더라도…… 그래서 자신이 할 수 있는 가장 최선의 선택인 '자살'을 하려고 마음을 먹었더라도, 곁에 있는 한 명의 따뜻한 사람이 손을 내밀면 최선의 선택은 바뀌게 되어 있습니다. 인간의 관계를 회복하면, 사라져가는 공동체도 일으켜 세울 수 있습니다. 그러면 당연히 곁에 있는 사람에게 관심을 주게 됩니다. 여기에는 치유라는 이름의 과보호도 없습니다. 그저 옆에 나와 같은 사람이 살고 있다는 것만으로 죽으려고 마음먹은 사람의 마음은 바뀔 수 있습니다. 우리가 살아야 할 이유는 바로 당신입니다.

파도와 바다는
둘이 아니다

2012년 대선을 치르면서 진보와 보수의 대립이 심각했습니다. 말로만 대통합을 이야기했지, 행동은 그러지 못했습니다. 보수와 진보, 자유주의와 공동체주의…… 사실, 불교의 관점으로 보면 이것들은 전혀 대립해야 할 문제가 아닙니다. 불교의 관점으로 보면, 공동체주의는 '함께의 논리'이고, 자유주의는 '따로의 논리'라고 볼 수 있습니다. 공동체주의는 전체의 논리인 것이고 자유주의는 개별의 논리입니다. 개별과 전체, '따로'와 '함께'의 논리인데, 이게 어찌 대립적일 수 있을까요? 이 모든 게 관계 속에 존재하는 것입니다. 전체적 관점에서 필요할 땐 전체를 얘기하는 것이고, 개별적 관점에서 필요할 땐 개별을 얘기하는 것일 뿐입니다. 굳이 이걸 분리시켜서 하나를 절대화시키거나 전체를 절대화시키는 것은 잘못된 것입니다. 적재적소에 균형 있게 다룰 것이냐 말 것이냐의 문제일 뿐입니다.

의상스님의 법성게(法性偈)에 '법성원융무이상(法性圓融無二相)'이 있습니다. 법성, 즉 존재의 성품은 원융해서 두 가지 모습이 없다는 말입니다. 다르게 이야기하면 존재의 실상은 '따로'와 '함께'가 같이 있다 혹은 개별과 전체가 같이 있고 분리되어 있지 않다는 말입니다. 존재 자체는 원융무애하다는 것입니다. 그런데 우리는 인간의 관념으로 이 실상에 맞춰 사고하는 것이 아니고 자기 생각과 필요와 편의대로 사고합니다. '따로'를 좋아하는 놈은 '따로'가 최고라고 하고, '함께'를 좋아하는 놈은 '함께'가 최고라고 하면서 싸우고 있습니다.

제주도 강정마을을 돌아보면 마음이 아픕니다. 해군기지를 찬성하고 반대하는 문제 때문입니다. 우리나라 어촌 어디서나 볼 수 있는 용왕제도 강정에서는 열리지 않았습니다. 제주도는 12촌 정도까지 모여 벌초를 하고 제사를 지냅니다. 그런데 강정에서는 이제 벌초도 따로 제사도 따로 지내는 경우가 허다하게 되었습니다.

한 집안에 살던 사람도, 엊그제까지 친한 친구로 지내던 사이도 깨져버렸습니다. 동문회, 친목회, 종친회 모두 깨져버렸습니다. 해군기지를 찬성하냐 반대하냐에 따라 남이 된 것입니다.

이 얼마나 큰 비극입니까. 그래서 얼마 전, 조계종 자성과쇄신 결사추진본부 화쟁위원회, 제주불교연합회와 강정마을 주민들이 힘을 합쳐, 화해와 용서를 위한 용왕대재를 열었습니다. 안타깝게도 해군기지를 찬성하는 분들은 거의 참석하지 않았습니다. 마음 깊은 곳에 골이 깊게 파인 것입니다. 저는 양쪽 주민들의 이야기를 모두 들어보았습니다. 모두 예전처럼 이웃으로, 형제로 돌아가기를 바라고 있었습니다. 옛 마을을 잘 기억하고, 용서하고 화해하고 포용하며 공동체를 가꾸기 위해 지혜를 모아야 합니다. 마음이 쉽게 열리지 않고 어렵지만, 만나서 진솔하게 대화를 나눌 때 과거의 행복한 시절로 돌아갈 수 있을 것입니다.

불교의 세계관으로 본다면 적어도 진영논리에 따라 대립각을 세워서 문제를 다루는 방식은 아니어야 합니다. 특히 사회문제를 풀어가기 위해서는 더욱 그렇습니다. 이 문제를 풀어가기 위해서, 원효 스님이 집대성한 화쟁사상을 새겨야 할 필요가 있습니다. 부정과 긍정의 양 극단에 집착하지 않고 진리와 진실을 있는 그대로 보고, 있는 그대로 드러내면 다툼에서 벗어나 자유로워질 수 있습니다. 우리의 속담 중에 "중이 제 머리를 못 깎는다"는 말이 있습니다. 누구나 당사자들이 문제를 해결하기 어려운 경우가 많기 때문에, 누군가 대신 역할을 해주어야 한다는 뜻으로 생겨난 말입니다.

이번 대선도 후보자 한 사람만 갖고 판단을 합니다. 하지만 사실은 한국 사회의 시대정신이 무엇인가를 잘 짚어낼 필요가 있었습니다. 그것을 먼저 짚어내면 거기에 적합한 지도자가 누군가를 찾아갈 수 있었습니다. 분열되고 대립하고 응어리져 있고 갈등하여 생기는 분노, 불신과 두려움…… 이것을 어떻게 풀어낼 것인가 하는 더 근본적인 문제들까지 생각이 깊어져야 합니다. 개인적 수준을 넘어서 현대사적 차원의 오랜 과정을 통해 누적되어온 아픔을 치유하고 민족의 역량이 통합적으로 나타나야 하는데 지금은 산산조각이 나서 부서져 있는 안타까운 형국입니다. 좌우, 분단, 산업화와 민주화, 개발과 보존, 자본과 노동…… 모든 게 흩어져 있습니다.

나는 조계종 화쟁위원회에서 위원장이라는 감투를 쓰고 있습니다. 쌍용자동차 문제로 해고 노동자들이 잇달아 죽어나가는 것을 멈추게 해야 한다는 절박한 심정에서 여러 방면의 뜻있는 종교 지도자들과 함께 노력을 해오고 있습니다. 총무원장이 종교 지도자로서 상징적으로나마 농성 현장에 직접 찾아가 이야기를 들어주고 상처를 위로해주는 자리도 가졌고, 여야 당사를 찾아가 관심을 가져달라고 호소도 하고 그랬습니다.

그런 과정에서 해고되지 않은 노동자와 해고된 노동자들 사이에도 대화가 단절되어 있다는 것을 알게 되었습니다. 화쟁위원회에서 그분들의 만남을 주선했습니다. 정말 안타까운 것은 함께 직장생활을 하던 이들 노-노가 서로 한자리에서 얼굴을 보고 대화를 한 것이 무려 3년 만이었다는 것입니다. 노-사도 아닌, 노-노가 말입니다. 이들 노-노는 서로를 산 자와 죽은 자라고 불렀습니다. 3년간 묵은 생각들, 억울함 같은 것들이 있으니 대화가 잘 되지는 않았습니다. 각자의 억울함이 있고 불만이 있고 화가 있으니까 자기 억울한 이야기를 하고 또 들어주는 것이 쉽지는 않은 일이었을 것입니다. 그래도 이 만남을 기회로 양쪽 정책실장들이 다시 만나서 이야기를 더 진행해가기로 했습니다.

사람 사이에 견해도 달라지고 입장도 달라지다보면 미움도 생기고 갈라지게 되는데, 그것은 출가수행자라고 하는 우리 스님들 사이에서도 언제든 있을 수 있는 일입니다. 나와 삼보일배를 했던 수경 스님, 봉은사 전 주지였던 명진 스님을 삼총사라고 합니다만, 실은 우리 사이에도 서로 드러내놓고 싶지 않은 것들이 없지 않습니다. 그래서 양쪽 정책실장들에게 그런 얘기를 털어놓으면서 노-노 양측이 마음을 열고 대화를 시작해야 한다는 얘기로 솔직한 대화를 시작했습니다.

우리는 인간관계에서 대화 실력이 너무 부족합니다. 대화하고 만나고, 또 대화하는 과정이 인간사에선 필수적으로 따르는 것이고 그것이 차지하는 비중이 아주 큰데도, 대화실력은 너무 부족합니다. 저는 사람들을 만날 때 "반갑습니다, 미안합니다, 고맙습니다" 하는 인사를 먼저, 그리고 자주 합니다. 사람들이 모인 자리에서 누군가가 먼저 "안녕하세요? 반갑습니다, 미안합니다, 고맙습니다" 하고 풀어내면 대화가 잘 되지 않을까요? 누군가 먼저 손을 내밀어야 합니다. 그게 어른이고 성숙된 사람이라는 생각을 가져보자는 것입니다. 누군가 먼저 낮추고 비우는 태도를 보여야 만나게 되고 대화를 자연스럽게 풀어낼 수 있습니다.

사회문제도 마찬가지입니다. 덩치가 큰 국가적인 문제, 첨예한 문제, 한 치도 물러서지 않을 듯한 기세등등한 문제들도 어쨌든 그것을 풀어내지 않으면 안 될 문제라고 한다면 진솔하게 만나고 대화하는 것이 가장 중요합니다. 그것이야말로 이제껏 인간이 해 왔고 세상을 유지해온 가장 상식적인 방법입니다. 그럴 때는 일단 스스로가 자기 정리를 할 필요가 있습니다. 상대가 있는 것이기 때문에 누구든 한 사람이 자기를 비우고 이야기를 풀어가야 합니다. 그것이 어려운 상황이라면 중간에서 그런 역할을 하는 사람이 필요한 것입니다. 당사자들이 잘 안 되면 제삼자가 싸움은 말리고 흥정은 붙이는 역할을 해야 하는데, 우리 사회에는 그런 중간역할을 하는 사람이 너무 없다는 것이 소통역량의 수준을 드러내 보여주는 것이라고 봅니다.

쌍용자동차 관련 문제도 그렇습니다. 회사도 만나보고 노조도 만나보면, 지금은 노동자와 자본가, 산 자와 죽은 자, 회사에 남은 사람과 해고당한 사람, 이렇게 극단적인 대립상황으로 나뉘어 있습니다. 평소에는 쌍용가족이라는 표현을 다 같이 썼던 사람들이었다는 관점에서 출발해보자는 얘기를 했습니다. 그들이 모두 같이 사용했던 가족이라는 입장에 서보자, 빈말이 아니라 내용적으로도 그런 입장에 서서 가족이라는 관점을 정확하게 견지하면 문제를 풀 수도 있겠다는 생각이 들었던 것입니다. 물론 그래도 어떤 부분에서는 이쪽이 불리하고 어떤 부분은 저쪽이 불리할 수도 있지만, 가족이고 공동체라는 관점을 견지하면 누가 이기고 지는 문제가 아니라 공동체적인 문제로 풀 수 있다고 보는 것입니다.

이러한 문제를 누군가 노력하면 풀 수 있는데 노력을 하지 않고 있고, 해결의 단초가 되는 첫 관문이라고 할 수 있는 대화의 장을 열지 못하고 힘겨루기 차원에서 맴도니까 다른 생각을 못 하는 것은 아닐까요? 이런 근원적인 의문을 던져봐야 합니다. 그래서 화쟁(和諍)이 필요한 것이라고 봅니다. 화쟁(和諍)은 화해(和解)와 회통(會通)의 논리체계입니다. 특정한 교설이나 학설을 고집하지 않고 비판과 분석을 통해 보다 높은 가치를 이끌어내는 사상입니다. 모순과 대립을 하나의 체계 속에서 다루는, 둘을 하나로 다루는 화쟁이 우리에게 지금 당장 필요합니다.

지금 우리 사회는 갈등이 전염병처럼 번지고 있습니다. 노동자와 자본, 노동자와 노동자, 이웃과 이웃, 진보와 보수…… 선거기간에는 지지하는 후보에 따라 서로를 헐뜯고 욕했습니다. 그 서먹함 때문에 또 당분간 서로를 서늘한 마음으로 바라볼 것입니다. 그러나 공동선을 잊으면 안 됩니다. 그리고 대화를 시도해야 합니다. 원효 스님은『대승기신론소』에 이런 말을 남겼습니다.

"마치 바람 때문에 고요한 바다에 파도가 일어나나 파도와 바다는 둘이 아니다. 우리의 일심(一心)에도 깨달음의 경지인 진여(眞如)와 무명(無明)이 동시에 있을 수 있으나 이 역시 둘이 아닌 하나이다."

과거를
과감히 부정하라

어떤 때 보면 쉬운 문제를 우리가 어렵게 다루고 있다는 생각이 들 때가 있습니다. 문제는, 해답은 쉬운데 다루기를 어렵게 다루는 것입니다. 인생도 그렇습니다. 쉬우면 오히려 이상하다고 생각합니다. 물건이 싸면 나쁜 것이라고 생각합니다. 불교에선 그런 사고방식을 전도몽상이라고 합니다. 거꾸로 되고 뒤집혀지고, 꿈과 같이 사실이 아닌데 사실인 것처럼 보는, 그릇된 생각입니다. 실상으로부터 거리가 먼 생각, 아지랑이 같은 생각이라고 보는 것입니다.

제가 기거하는 남원 실상사 전각의 주련에 이런 글귀가 씌어 있습니다.

정천각지안횡비직(頂天脚地眼橫鼻直)

반래개구수래합안(飯來開口睡來合眼)

첫 구절은 그대로 풀이하자면 "머리는 하늘을 향해 있고, 다리
는 땅을 딛고 있고, 눈은 횡으로 찢어지고, 코는 수직으로 드리워져
있다"는 겁니다. 이게 누굽니까? 사람입니다.

이 문구를 제대로 풀이하고 이해하려면 각 문구의 앞에다가
질문을 잘 붙여서 풀이해야 뜻이 분명해집니다. 이런 질문을 하나
씩 문구 앞에 붙여보면 재밌습니다. "도인은 어떻게 생겼을까?"
"깨달은 자는 어떤 모습일까?" "붓다란, 깨달은 자란, 도인이란, 완
성자란, 어떤 존재일까?" 그러면 '정천각지안횡비직(頂天脚地眼橫
鼻直)'이 대답이 되는 것입니다. "머리는 하늘을 향해 있고, 다리
는 땅을 딛고 있고, 눈은 횡으로 찢어지고 코는 수직으로 드리워져
있다." 바로 사람입니다. 사람이 곧 부처입니다. 존재 자체가 붓다
이고 존재 자체가 깨달은 자이고 도인이고, 그거 말고 달리 없다는
것입니다.

첫 번째 구절에 "어떻게 생겨먹었냐? 그 붓다란 것이"라는 질

문을 던져보았다면, 두 번째 구절 앞에는 이런 질문을 내다 걸었습니다. "붓다는, 깨달은 사람은, 도인은, 그 사람은 어떻게 사나?" 입니다. "붓다의 살림살이가 대체 뭐냐? 어떻더냐?" 하고 묻는 겁니다. 그러니까 하는 답이 '반래개구수래합안(飯來開口睡來合眼)'입니다. "밥이 오면 입을 열고, 졸음이 오면 눈을 감는다." 이것이 깨달은 자의 살림살입니다. 배고프면 밥 먹고, 잠이 오면 잠을 잔다는 겁니다.

이것을 불교에서는 여러 가지로 부르고 있습니다. '평상심시도(平常心是道: 평소의 마음이 곧 도)', 진리, 다르마(dharma)라고 하는 것들입니다. 그게 붓다의 삶, 완성자의 삶이고, 존재 자체가 붓다이고, 이 세상의 삶이 깨달은 삶이다, 불교는 사실 다 합쳐서 이것뿐이라고 할 수 있습니다. 이것을 이해시키느라고 온갖 이야기를 하는 것입니다.

우리가 이해하기 힘든 것들은 관념들입니다. 관념들이, 관념들로 인해서 불교를 이해하기 쉽지 않게 만드는 것이고 그 찌든 관념을 깨뜨리기 위에서 대승불교, 선불교처럼 고도화된 사유방식이 나타난 것입니다. 초기불교나 남방불교가 "중생에서 붓다(깨달은 자)가 되자"고 가르치고 수행하는 불교였다면, 대승불교에 와서는

"우리는 즉 깨달은 자이니까, 지금 바로 깨달은 자로 살자." 이렇게 사고가 고도화됩니다. 어찌 보면 사람들의 지적 수준이 향상되니까 그에 따라 이전의 고정화된 관념들을 깨뜨리는 것들이 나오는 건 당연한 수순입니다.

초기 불교를 보면 팔정도가 깨달음에 이르는 길이라고 합니다. 이것은 내 운명에 영향을 줄 수 있는 그 무엇도 있지 않다, 내 운명은 내가 가지고 가는 것, 내가 만들어가는 것이라는 말입니다. 그러므로 팔정도를 생활화하면 그대로 해탈열반의 운명, 붓다의 삶이 열린다는 가르침인 것입니다. 행위가 있을 뿐, 행위자가 없다, 즉 행위하는 대로 된다, 붓다가 따로 있어서 붓다의 삶을 사는 게 아니고 붓다의 삶을 살면 곧바로 붓다인 것이라고 가르치는 게 팔정도입니다. 제대로 보고, 제대로 생각하고, 제대로 말하고, 제대로 행동하는…… 이런 사람이 붓다입니다. 제대로 보는 사람, 제대로 말하는 사람, 제대로 행동하는 사람. 그런데 우리는 불교를 그렇게 가르치지 않았습니다.

고정화되고 관념화된 개념을 깨라는 주장은 불교역사에서 지속적으로 제기되는 핵심 주장이자 논리입니다. 그것이 불교입니다. 그것이 불교가 세상에 부단히 혁신적인 패러다임을 제공하는 자양분으로 살아남아온 핵심 자산이 아닐까요? 대표적인 대승 불교 경전이면서, 불교의식에서 빠짐없이 독송되는 「반야심경」을 보면, 붓다는 무명(무지, 진리를 알지 못하는 것)으로 인해서 윤회의 고통이 생기므로 무명을 제거해야 한다고 가르쳤습니다. '무무명 역무무명진(無無明亦無無明盡)', 무명이란 것도 없고, 무명이 다한다 는 것도 없다는 의미입니다.

붓다가 가르친 사성제조차 정면으로 부정합니다. 즉 네 가지 성 스러운 진리도 없다. 괴로움의 진리도 없고, 괴로움이 일어나는 원 인에 대한 진리도 없고, 괴로움의 소멸에 대한 진리도 없고, 괴로 움을 소멸하는 방법에 대한 진리도 없다. 이렇게 정면으로 부정합 니다. 왜 그러는 것일까요? 개념 가지고는 안 된다는 것, 온갖 주 석서를 달아 논리적으로 다 이해한다고 해서 괴로움의 실상에 들 어가고 괴로움의 소멸이라고 하는 실상에 들어갈 수 있을까요? 그 렇지가 않습니다. 개념적인 지식만 쌓이는 것입니다. '무무명역무 무명진(無無明亦無無明盡)'은 기존의 관념적 지식들에 대한 강력한 부정법으로 볼 수 있습니다.

이런 불교의 사고방식과 사고의 패러다임이 오늘날 우리에게 매우 중요한 지침이 됩니다. 진보나 보수냐, 사회주의냐 자본주의냐 하는 관념화된 틀 안에 우리의 사고를 가둬서는 안 됩니다. 전에 생명평화 탁발순례를 할 때였습니다. 마지막 방문지로 민주노총과 조선일보를 선택했습니다. 그때 조선일보의 주필 한 분과 면담을 하게 되었습니다.

그때 동석한 어느 중견 기자가 "생명평화를 반대할 사람이 누구냐, 누가 생명평화에 대해 반대하겠느냐, 문제는 생명평화 얘기하는 사람들이 대한민국 체제를 인정하지 않는다, 대한민국은 자본주의인데 체제를 부정한다면 같이할 수 있겠느냐"는 말을 했습니다. 그래서 내가 대답했습니다. "난 잘 모른다. 자본주의니, 사회주의니 나는 모르겠다. 내 관심분야는 현장 삶의 주체들이 평화롭고 행복하냐는 것이다. 삶의 주체들이 평화롭고 행복하다면 자본주의로 간판을 걸고, 사회주의로 걸고, 일본이라고 간판 걸고, 한국이라고 간판을 거는 게 무슨 관계냐. 과연 그들이 행복한지, 평화로운지 여기에 대한 관심뿐이다." 동석한 주필도 바로 동의하면서 "(진보니 보수니, 사회주의니 자본주의니) 그거 다 허구입니다. 먹고 살자고 만들어내는 거 아닙니까?" 하는 겁니다.

불교는 실재가 어떠하냐를 얘기하는 종교입니다. 붓다가 생전에 진리라고 가르친 사성제를 아무리 말해도, 실제로 적용이 안 되면 소용이 없는 것이고, 개념만 가지고 아무리 천착해도 소용없는 일이 될 것이며, 생각이나 말이나 글로가 아니라 실질적으로 다루고자 하는 게 불교의 논법입니다. 그것이 중도(中道)입니다.

나는 오늘 우리 사회에서 지도자 위치에 있는 사람들이나 사회 운영에 책임을 가진 사람들 혹은 대안적인 사회를 꿈꾸며 활동하는 사람들이 이런 사고와 실천의 패러다임을 체득하는 것이 매우 중요하다고 생각합니다. 새로운 사회를 열어 세상을 진정으로 행복하고 평화롭게 하고자 한다면, 아무리 창시자나 교주가 그것이 진리라고 가르쳤다고 하더라도, 그것이 분명히 기록되어 있고 분명한 진리라고 할지라도, 그 진리가 현실 속에서 진리 노릇을 하도록 하려면 모든 고정된 개념, 교주의 가르침조차도 부정해야 합니다. 화석화되고 관념화된 것이라면 과감히 부정해야 합니다. 지도자라면 이런 치열성, 이런 책임성을 가져야 하지 않을까요?

우리가 가꿔가야 할 핵심은 결국, 개인적으로나 사회적으로 삶의 질을 향상시키는 것입니다. 시민운동으로 보더라도 개인의 삶의 질을, 사회의 질 또는 사회적 삶의 질을 향상시켜야 하는 운동이 되어야 합니다. 그런데 우리는 싸워서 이기기 위한 운동으로

가는 경향이 많습니다. 그러다보니 정작 활동과 운동을 통해 이루고자 했던 내용, 이른바 초심 혹은 궁극적인 목적은 놓치게 됩니다. 목적과 수단이 전도되는 경우가 너무 많습니다.

상황논리가 관계에 의해 성립된 뭇 존재의 보편적 실상을 바르게 보지 못하고 왜곡되게, 주관적 욕망에 따라서 보게 하면 승패논리에 빠지게 됩니다. 승패논리는 목적과 수단의 전도, 그리고 단기적 성과주의, 근시안적 사고와 행동을 낳게 하는 원인이 됩니다. 그런 의미에서 시민활동, 시민운동이 본래의 취지를 잃지 않도록 하기 위해 끊임없이 성찰하는 게 중요합니다. 개인적, 사회적 질을 향상시키기 위한 활동이어야 한다면, 일단 운동의 주체들이, 운동 주체들의 삶이, 그리고 운동이라고 하는 조직적 활동이 질적으로 향상되어야 하는 것 아닌가 하는 물음을 항시 던져야 됩니다.

결국 우리는 부정직한 것을 다 나쁘게 보는 것입니다. 그러기 때문에 권모술수를 나쁘게 보고 있습니다. 그런데 우리가 승리를 목적으로 두게 되면, 승패논리에 빠지게 되고, 승리를 위해서라면 정직하지 못할 수도 있습니다. 음모를 꾸밀 수도 있고, 약점을 이용할 수도 있다는 결론에 도달해버립니다. 하지만 우리 활동의 근본 목적을 '개인적, 사회적 삶의 질 향상'이라는 데 두고 지금 우리의 행동이 목적에 부합하는 것이냐를 성찰한다면 절대로 그럴 수가 없습니다. 우리의 주장이 아무리 정당하다 하더라도 거짓말, 속임수, 권모술수 같은 행위는 주체들의 질적 하락, 삶의 질의 퇴보를 의미하는 것이 되기 때문입니다.

　승리를 목표로 두게 되면, 결국 그 승리를 이끌어내기 위해 온갖 수단과 방법을 다 사용해도 그것이 정당화되어버립니다. 종국에는 운동주체, 운동단체의 질적 내용이 퇴화, 저질화될 수밖에 없습니다. 그것이 우리도 모르게 우리 안에 쌓이고 있습니다. 그 사이에 우리는 많은 성찰의 지점을 놓치고 있습니다. 운동주체와 운동단체들이 질적으로 향상되도록 활동하고 운동을 하게 되면 우리를 대상으로 하고 있는 쪽도 반드시 질적으로 향상된 방식으로 반응한다는 것을 굳게 믿어야 합니다. 그렇게 하였을 때에 종국에 다수의 지지와 공감을 이끌어낼 수 있습니다. 그렇게 해야 운동이라는 것이 진정으로 의미가 있고, 운동을 통해 성취한 성과도 가치가 있는 성과로 남게 됩니다.

　다 그런 것은 아니지만 지금까지는 주로 승리 쪽에 초점이 맞춰졌다는 염려스러운 생각을 많이 합니다. 출발점에서는 그러려고 한 것이 아닌데 하다보면 그렇게 가는 것 같습니다. 그렇게 되면 운동이 분노를 재생산하고, 증오를, 권모술수를 재생산하게

208
209

됩니다. 분노와 증오가 재생산되는데 과연 우리가 질적으로 향상된 삶을, 그런 사회를 만들어낼 수 있을까요? 분노, 증오, 불안, 공포 이런 것들이 끊임없이 재생산되는 운동으로 전락하고 있는 것은 아닐까요? 정말 깊이 있는 성찰이 필요한 시점입니다. 길을 잘못 가고 있다면, 당연히 깨버려야 합니다. 잠깐이라도 길을 잘못 들었다면, 그 길을 부정하면서 다시 첫 마음을 되찾아 새롭게 모색해야 합니다.

새로운 리더의 조건

최근 우리 사회에 '정의' '공정'이라는 화두가 바람을 일으키고 있습니다. 정치권에도 반영이 되어서 '경제민주화'로 대표되는 다양한 공약과 정책이 나오고 있습니다. 그리고 또 한 가지가 있다면, 서울시장선거에서 나타난 '안철수 현상'이 여전히 수그러들지 않고 지속되고 있다는 것입니다.

신뢰 받으려면 공정해야 하는 것이고, 정의가 있어야 신뢰가 있습니다. 그러면 공정성이 핵심인가, 그것은 아닌 것 같다는 생각을 합니다. 이렇게 생각을 해봅니다. 이명박 대통령에게 표를 던진 사람들은 어떤 기대를 했을까요? 그 기대가 충족되었다면 어찌 되었을까요? 이 점은 또 다른 문제란 겁니다. 이명박 대통령에게 기대

했던 게 무너지면서, 이게 왜 이런 거야 하면서 들여다보니까, 거기에 불공정성이 보인 것이라고 한다면 결과는 어떨까요? 그렇다면 또 마찬가지일 수 있습니다.

추구하는 이익은 변하지 않고, 이윤과 부를 쫓아다니고 있습니다. 이윤과 부가 부족하니 이것을 충족시켜주는 사람을 또 찍어야겠다는 생각을 하게 됩니다. 그런 차원에서 이명박 대통령처럼 경제적으로 성공도 했고, 도덕성이나 사회적 책임의식에서는 훨씬 우월해 보이는 안철수 교수가 어떨까 하는 것이 '안철수 현상'의 기저에 깔린 생각들이 아닐까 합니다. 사실 시민운동가 박원순과 안철수 교수를 나란히 두고 보자면, 실제 내용에서는 시민운동가 박원순 씨가 더 귀한 사람일 수도 있습니다. 항상 현장에 있었고, 새로운 것을 찾아 한 곳에 머무르지 않고 혁신을 계속했던 사람입니다.

박원순 시장은 우리 사회에 끼친 여러 가지 혁신이나, 공동체의 발전을 위한 탐구나 실험 그리고 대안적인 도전을 가장 많이 해온 경륜이 있는 지도자가 틀림없습니다. 그런데 왜 시민사회운동가 박원순에게는 열광하지 않았을까요? 시민운동가 박원순이 주장하는 게 아무리 좋아도, 〈아름다운 재단〉이나 〈희망제작소〉나

〈마을공동체 만들기〉와 같은 것들이 잘 해왔고, 아무리 옳은 것이라고 하더라도 아무리 좋다고 하더라도 "나는 그런 힘든 삶을 살기 싫다"는 생각이 아닐까요? 나는 이명박 대통령에게 걸었던 기대를 사람들이 그들의 근본적인 마음자리, 가치관이나 세계관 같은 것들은 그대로 두고, 열망과 욕망을 성찰하지 않은 채로 안전하게 성공한 것으로 보이는 안철수 교수를 보게 했다고, 그렇게 조금 달리 생각합니다.

불교인들의 경우, 자비를 많이 강조합니다. 자비는 결국 사람을 돕는 것이라고 정의할 수 있습니다. 코피 나면 코피를 닦아주고, 눈물 나면 눈물을 닦아주고…… 여기까지가 불교인들이 생각하는 자비의 한계입니다. 왜 코피가 났지? 왜 눈물 흘리지? 이 물음이 없이 거기서 멈춰버리는 것이 과연 자비일까요? 왜 코피 났을까 생각해봅니다. 답은 간단합니다. 두드려 맞았으니까, 그것도 부당하게. 왜 눈물 흘리는 것일까요? 억울하니까. 그럼 부당함이나 억울함을 제거시켜주는 것, 여기까지가 자비입니다. 오늘 우리 사회에서 불교의 자비는 여기까지 뻗지 못하고 눈물 닦아주는 일, 코피를 닦아주는 일만 하면 된다고 생각합니다. 그리고 그것이 가장 불교적이라고까지 생각합니다.

사실은 원인을 제거해주고, 문제를 예방해주는 게 최대의 자비입니다. 코피를 닦고 눈물을 닦아줄 일이 훨씬 덜 생기게 하는 것입니다. 일이 벌어질 수밖에 없는 원인을 제거하지 않고, 예방하면 될 일을 예방하지 않고 버려둠으로써 코피 터지고 눈물 흘리는 일이 멈추지 않는다면 그것은 더 크고 위험한 악함을 가려주는 '문제의 자비'가 될 수도 있습니다. 시민운동가 박원순은 원인을 제거시키거나 예방하기 위해 노력했습니다. 안철수 교수는 그런 과정에 있는 중입니다. 아직 이 부분에서는 모두가 인정할 만한 성취가 있는 것은 아니지 않나 하는 생각이 듭니다.

원인을 제거시키지 않고, 예방하지도 않는다면 각종 담론은 헛것이 되어버립니다. 공정성, 경제민주화와 같은 정치적 의제들이 각광을 받고 있는 현상도 우리 자신이 스스로의 정직한 성찰을 통해서, 그리고 가능하다면 좀 더 자기 자신의 삶의 변화, 삶의 혁명이라는 측면에서 다가서지 못한다면, 한때의 유행으로 끝나버릴 것입니다.

『안철수의 생각』이라는 책이 돌풍을 일으키며 팔려나간다고 해서 한 권 사가지고 버스 안에서 읽어보았습니다. 그중에서 눈에 띄는 것이 본인은 중재하는 역할로 살았다는 부분입니다. 우리 사회에 중재자 역할이 너무 없다. 진영논리를 넘어서서 통합적으로 문제를 바라보고 다뤄갈 수 있도록 하고 싶다는 이야기를 안철수 교수가 했습니다. 상당히 공감이 되는 부분입니다.

불교적으로 말하면 각자가 원융무애(圓融無碍)한 생각을 갖고, 각자 그렇게 적재적소에 맞게 하면 좋겠지만 그렇지 못한 것이 현실이기 때문에 누군가는 그것이 가능하도록 역할을 해야 합니다. 나는 종교계가 그 역할의 적임자이고 또 그래야 하는 사명도 있다고 생각합니다. 오늘날 한국 사회의 제도권 종교계가 인간들에게 가장 중요한 이상과 가치인 생명평화의 세계관과 가치의식과 삶의 방식을 화두로 던지고 이것을 현실 속에서 구체화시키도록 압박하고 독려하는 역할을 해야 한다고 봅니다. 제도권 종교계가 진보진영과 보수진영, 여권과 야권 모두에게 이 생명평화의 사상과 정신을 정책화하고 제도화시키도록 촉구하고 독려하는 그런 역할을 수행해야 한다고 생각합니다. 그렇게 해서 진영논리를 넘어서서 사회통합, 국민통합으로 갈 수 있도록 도와야 합니다.

개개인이 생명평화의 사상과 정신을 실행하기 위해 알아서 하면 좋겠지만, 그것이 되지 않는 현실, 여야로 쪼개지고 진보와 보수로 나눠져 있는 현실에서 누군가가 방향과 중심을 잘 잡고, 누군가가 나서서 추구하고 실현해야 될 본질적이고 이상적인 가치를 세우고, 이건 너에게도 중요하고 나에게도 중요하지 않은가, 이쪽에도 저쪽에도 꼭 필요하지 않은가, 하면서 제안을 하는 것입니다. 그래서 이것을 실현하기 위해서 머리를 맞대고 협력적으로 문제를 다뤄가도록 하는 역할을 종교계가 강제하는, 그런 정도의 역할만 해도 좋겠다 싶습니다.

북한 인권문제를 예로 든다면, 북한 인권문제를 어떻게 다루느냐는 민족의 운명이 걸린 문제니까 여야, 진보와 보수가 자기 입장에서 자기 유리하게만 문제를 다루지 말고, 머리를 맞대고 어떻게 다뤄야 우리 민족의 미래를 희망적으로 만들어갈 수 있는지에 대한 길을 찾아보자고 하는 것이 올바른 방법입니다. 그래야 진정 민족을 아낀다고 말할 수 있습니다.

지금은 민족을 아끼는 단위가 없습니다. 진보와 보수도 마찬가지입니다. 북한인권문제만 놓고 보면 여권과 보수는 여권 유리한 대로, 야권과 진보는 야권대로 유리하게 다루려고 합니다. 누구도 민족을 사랑하고 있지 않은 것 같습니다. 민족을 사랑한다면 그렇게 할 수 없는 것이고, 이런 입장에서 제대로 짚어보면 진영논리를 넘어서서 함께 머리를 맞대고 협력해서 문제를 다루는 길을 가게 됩니다.

안철수 교수의 생각 또한 이런 게 아니었을까요? 우리는 그런 것들을 자꾸 놓치고 있습니다. 결국은 목적과 수단이 전도되어 있습니다. 진보를 위한 진보, 보수를 위한 보수가 되어버리는 것입니다. 무엇을 위한 진보고 보수냐, 무엇을 위한 여당이고 야당이냐, 국민들의 행복을 위해서 국가 발전을 실현하기 위해서 정당 활동을 하는 것이고 보수 혹은 진보 논리를 펴는 것인데, 대의명분을 놓쳐버리고 자기이익을 챙기려고 합니다.

민족의 희망을 만들어가기 위해서 진보적으로 하자, 보수적으로 하자 하는 것입니다. 아무리 진보라 하더라도 대의명분에 맞지 않는다면 접어야 하고, 보수의 방법이 보수적이라고 해도 대의명분에 맞는다면 받아들여야 합니다. 아무리 대의명분에 맞아도 진보적이지 않다고 거부해버리면 안 됩니다. 그 반대의 경우에도 마찬가지입니다. 그러니 계속 분열로만 가는 것입니다.

서로 인정하고 존중해야 통합이 이루어집니다. 보수적이긴 하지만 국가와 민족을 위해 옳은 선택이라면 진보가 받아들여야 하고, 진보적이긴 하지만 국가와 민족을 위해서 바람직하지 않다면 접어야 합니다. 그런데 지금은 국가와 민족을 위해서 바람직하지만 진보적이지 않기 때문에 진보에서 거부합니다. 이 상황은 보수도 마찬가지입니다. 대체로 자기집단의 이익만을 추구하고 있고, 그것이 다시 분열과 갈등을 확대하고 재생산하는 것이 우리의 현실입니다. 이것을 풀어내는 것이 결국은 종교계의 역할이라고 생각합니다.

남한은 남한대로, 북한은 북한대로, 진보는 진보대로, 보수는 보수대로, 스스로에게 유리한가만을 판단기준으로 삼고 있습니다. 그러니 모든 문제가 통합적으로 해결되지 않고 분열로 대립으로만 가게 됩니다. 나는 종교계나 안철수 교수처럼 사회적 영향력을 가진 인사들이 그런 역할을 할 수 있었으면 하는 바람이 있습니다.

지금 우리에게 필요한 리더는 '대통령'이 아닐지도 모릅니다. 물론 대통령도 중요합니다. 그러나 직접 대통령이 되어서 권력을 잡겠다는 생각보다 뜻 있는 사람으로 하여금 권력을 잡아서 일을 하게 하고 자신은 '사회적 대통령'으로서, 중재자로서, 통합적으로 사회문제를 바라보고 다룰 수 있도록 하는 사람으로 남을 리더가 필요합니다. 진영논리, 지역논리, 계파논리를 넘어선 리더가 탄생할 수 있기를 진심을 다해 고대합니다.

길이 분명히 있습니다

　　미국 금융위기 이후 세계경제가 어려워지고, 국내적으로도 격차와 갈등이 더욱 심화되었습니다. 도대체 풀릴 기색이 보이지 않습니다. 그러면서 대안적인 담론이 생겨나는 것 같습니다. '자본주의 4.0'이니 '2013년 체제'니 하는 것들이 대표적인 거대담론인 것 같고, 정치적으로는 경제민주화와 복지, 공정사회 같은 얘기들인 것 같습니다. 물론 이런 담론들도 중요합니다. 그러나 삶의 기준, 생명의 가치나 근원 같은 문제의 본질이나 실상에 접근하고자 하는 그런 사유와 토론들은 빈약한 것으로 느껴집니다.

　　우리 시대의 사회운동, 우리 시대의 대안적인 운동이나 토론들을 보면 사회현상을 지나치게 상황논리에 의해서만 보는 것 같은

데, 그것이 우리 시대가 극복해야 할 중요한 문제라고 봅니다. 상황논리는 말 그대로 객관적 사실이나 원칙보다는 현실적인 상황의 제약이나 한계에서 오는 불가피성을 강조하여 주장하는 것인데, 그런 판단이 현실에 필요한 것이기는 합니다. 그러나 상황논리만 따라서 가게 될 경우 정말 우리가 가야 될 방향과 길을 잃어버릴 수 있습니다. 크게 보면 현재 우리는 방향과 길을 잃어버리고 있다고 생각합니다. 그러면 무엇을 나침반으로 삼아야 상황논리에 빠져 길을 잃는 우를 범하지 않을 수 있을까요? 우리는 붓다의 가르침에서 그 지남(指南: 나침반)을 찾을 수 있습니다.

붓다가 나이가 들어 떠나갈 때가 가까워오자 평생 시자 역할을 했던 제자 아난다에게 "아난다여, 나는 이제 늙고 지쳤다. 인생의 기나긴 길을 걸어와 어느 사이 노령에 이르렀다. 여든이 되니 이 몸을 움직이는 것이 마치 낡은 수레가 가죽 끈의 도움으로 간신히 움직이는 것과 같구나. 세상은 이처럼 덧없는 것이다. 그러니 너희들은 이 세상에서 스스로를 섬으로 삼고 스스로를 의지하라. 다른 것을 의지하지 말라. 법을 섬으로 삼고, 법을 의지하되 다른 것을 의지하지 말라"고 유언과 같은 가르침을 줍니다. 하나는 법, 다르마, 진리의 길인 법등명(法燈明: 법을 등불로 삼음)입니다. 다른 하나는 아무리 훌륭한 길이 있더라도 스스로 가지 않으면 소용이 없으니, 그것이 바로 자등명(自燈明: 자신을 등불로 삼음)입니다. 잘라서 말하자면, 불교는 이게 전부라고 해도 지나침이 없습니다. 다르마, 진리는 불교교리로는 보통 연기(緣起)입니다. 연기라는 말 또한 개념화된 이야기니까, 달리 말하자면 다르마란 사실입니다. 굳이 이야기하자면 사실을 사실대로 보고, 사실 속에 담겨 있는 진실과 내용으로 가야 한다는 의미입니다.

우리는 기독교다, 불교다, 진보다, 보수다, 이렇게 나뉘어서 서로 같이 살 수 없는 존재처럼, 서로 섞일 수 없는 존재처럼 생각하고는 합니다. 그건 생각입니다. 생각으로는 분명 같이 살 수 없는 존재이고, 따로 살면 더 편한 것입니다. 생각으로는 그렇다는 것입니다. 그런데 실재 우리가 따로 살 수 있을까요? 지금 당장 이명박 대통령이 아무리 마음에 안 들어도 한반도에 같이 살고 있습니다. 대부분 사람들이 사실로 살아가지 않고 생각으로 삶을 살아간다는 것입니다.

현대적 언어로 말하자면, 어떤 세계관으로 삶을 바라보고 살아갈 것인가 하는 것이 문제란 얘기입니다. 어떤 세계관, 즉 무엇을 다르마로 삼아야 하느냐. 무엇을 등불로, 의지처로, 피난처로, 섬으로 삼아야 하느냐. 그것은 "사실을 관찰해보면 분리 독립되어서 존재하는 것은 없다"는 세계관을 가져야 한다는 것입니다. 생각이나 말이나 글로만 '따로'인 것이 성립됩니다. 실상으로는 분리되고 독립된 게 있지 않습니다. 분리 독립된 게 있지 않은데, 어찌 '따로'가 가능할까요? 불가능한 일입니다. 그래서 실상을 보면, 즉 사실을 사실대로 보면, 크게는 범우주로 보더라도 그것은 유기적 공동체로 이루어져 있고, 좁혀서 낱낱 존재로 보더라도 유기적 공동체로 이뤄진 존재입니다. 분리 단절시키는 건 존재할 수 없다, 이게 실상입니다.

이 실상, 이 사실대로인 것이 우리가 나아가야 할 방향과 길이라고 생각합니다. 거기에 맞춰서 사회를 구성하고 운영하는 것도 맞추고, 개개인의 삶도 거기에 맞게 살아가야 합니다. 기본적으로 우리가 가야 할 방향과 길은 동서고금에 관계없이, 진보 보수에 관계없이, 기독교냐 불교냐에 관계없이 보편적인 것이 되어야 합니다. 다만 그것을 제대로 보고 가는 사람들이 있고, 반대로 그런 것을 왜곡되게 보는 사람이 있습니다. 현대에 나타나는 경향들은 많은 부분 상황논리에 맞추어가고 있습니다. 우리에게 보편적으로 제시된 길, 누구나 가지 않으면 안 되는 보편적인 길을 찾아가야 합니다. 우리는 이것을 도(道)의 길이라고 얘기하고, 법의 길이라고 얘기합니다. 기독교식 표현으로 얘기하면 하나님 뜻이라고 할 수 있을 것입니다. 이렇게 말은 다를 수 있어도 전하는 내용은 보편성을 담고 있습니다.

그런 보편적인 길에서 전제되는 것이 하나 있는데, 그것이 무엇일까요? 그것은 결국 사람은 함께 살아야 한다는 것입니다. 따로 일을 하더라도 함께 살아야 합니다. 함께 살려면 어찌해야 할까요? 서로 인정해야 합니다. 필연적으로 서로 인정하고 존중하고 협력하고, 나누고 해야 합니다. 진보라는 이름을 가졌든, 보수라는 이름을 가졌든, 불교라고 하든, 기독교라고 하든, 한국이라고 하든, 일본이라고 하든 서로를 인정하고 협력하고 나누어야 합니다. 생각이나 말로는 다 갈기갈기 찢어져서 따로따로지만 실재를 두고 생각하면 그럴 수가 없다는 것입니다.

이와 같이 실상을 보고 실상에 맞게 삶을 바라보고 다뤄야 합니다. 그런데 그런 것들이 생각으로, 글로, 지식으로만 다뤄지는 것이 문제가 됩니다. 두 가지 길이 있습니다. 하나는 보편적인 방향이 있고, 다른 하나는 상황에 따라 응병여약(應病與藥: 병에 따라 그에 맞는 약을 쓰는 것)을 잘하는 것입니다. 결과적으로 보면 제시되어진 보편적 방향과 상황의 필요성을 어떻게 잘 조화를 이루어 갈 것인가가 현장의 고민이 될 것입니다.

　내가 나침반으로 삼고 있는 불교는 법($法$)의 길, 다르마의 길을 가자는 것입니다. 다르마의 길을 가도록 하기 위해서 사회를 어떻게 구성하고 운영할 것인가, 또 개개인의 삶을 어떻게 가꿀 것인가, 그런 면에서 보편적인 것과 상황적인 입장의 조화를 어떻게 이룰 것인가를 사고하게 되었습니다. 그러나 근본은 보편적인 입장을 확고히 하는 것, 그래야 뭐든 분리와 단절의 벽을 넘어서는 게 가능해지는 것입니다. 종교의 벽, 국가의 벽, 이념의 벽, 이런 벽은 보편적인 진리의 길이 없으면 도저히 넘을 수가 없습니다. 길은 분명히 있습니다. 우리는 반드시 그 길을 가야 합니다.

4부

도법 스님의
즉문 즉설

즉문
즉설

2013년 새로운 정부가 들어섭니다. 지난 대선 과정에서 진보와 보수, 지역과 세대 간의 극심한 마찰도 있었기에 지금 세상 사람들의 분위기가 심상치가 않습니다. 상대적인 박탈감을 느끼는 사람들도 있고, 미래에 대한 극심한 불안감에 잠을 못 이루는 사람도 많습니다. 박근혜 당선자에게 하시고 싶은 말씀이 있나요? 그리고 선거 이후 우울한 날들을 보내고 있을 젊은이들에게 조언을 해주셨으면 합니다.

자신이 지지하는 후보가 선거에서 졌다고 박탈감을 느끼고, 우울하다고 하는 것은 매우 안타까운 일입니다. 하지만 왜 그럴까, 꼭 그래야만 할까 하고 물어볼 필요가 있다고 생각합니다. 이유를 짚어보면 평소 주체적이고 자립적이고 창조적으로 삶을 가꾸지 않았다는 것이 핵심적 이유가 됩니다. 그 결과 상대를 이겨야만 된다는 생각을 갖게 된 것입니다. 이겨야 된다는 갈망이 강한 만큼 패배로 인한 박탈감이 더 커지는 것입니다.

우리는 상대를 욕하면서 상대를 닮아가고 있는 것을 모르고 살아갑니다. 얼마나 웃기는 일인가요? 지금 여기에서 주체적으로 할 수 있는 일을 찾아야 합니다. 상대와 싸워서 상대의 자리를 빼앗으려고 하는 게 아니라, 우리가 할 수 있는 일을 주체적으로 했어야 했습니다. 상대의 위치를 빼앗지 못하니까 아무것도 할 수가 없다는 건 매우 불행한 일입니다. 주체적이지 못한 것입니다. 이제라도 상대를 닮으려고 하지 말고 온전한 '나'를 찾아야 합니다.

인간 몸의 중심이 어디인가 물으면 대부분의 사람들이 심장이나 뇌를 꼽습니다. 그러나 이 말은 틀렸습니다. 우리 몸의 중심은 바로 고통이 있는 곳입니다. 어딘가가 아프면 그 부위로 모든 신경이 집중됩니다. 사회도 마찬가지입니다. 청와대나 국회가 아니라 우리 사회 가장 아픈 곳이 중심입니다. 차기 정부는 사회의 중심에 대한 분명한 시각을 가져야 합니다. 이를 직시하지 못한다면 국민들의 고통을 해결하지 못함은 물론이고 사회통합도 불가능할 것입니다.

우리 사회의 아픔은 생명평화의 가치가 경제논리에 희생당한 흔적이기도 합니다. 어찌 보면 박 당선자는 한국 현대사에서 가해자 입장인 동시에 피해자인 특수한 위치에 서 있습니다. 우리 사회의 아픔을 치유하기 위한 노력은 한국 현대사의 아픔을 봉합하는 과정인 동시에 당선자 스스로도 아픔을 치유하는 과정일 수 있습니다. 우리 사회가 역사적으로 한층 성숙할지, 퇴보할지는 박 당선자의 역할과 의지에 달려 있습니다. 박 당선자가 강조해온 사회 대통합을 이루기 위해 최우선적으로 해결해야 할 현안이 무엇인지를 깨닫기 바랍니다.

스님, 양극화가 심해지고 있습니다. 잘사는 사람은 더욱 잘살고, 못 사는 사람은 더욱 못 살고 있습니다. 사회 여기저기서 문제가 터지고 있습니다. 생활고에 시달려 자살을 하거나 물건을 훔치기도 합니다. 거액 비자금을 챙겨 감옥에 가고는 금방 감옥에서 나오는 사람도 있습니다. 이런 사회에서 정말 함께 살 수 있을까, 걱정이 됩니다. 해답이 과연 있을까요? 미래에 대한 불안감을 안고 이리 팍팍하게 살아도 되는 것일까요?

경전에 이런 이야기가 나옵니다. 어떤 사람이 뒤에서 살인강도가 쫓아오니 도망을 갑니다. 그런데 앞에 불구덩이가 나왔습니다. 타 죽을 것 같아 몸을 피했는데, 이번에는 물에 뛰어들었습니다. 어찌 되었을까요? 결국 물에 빠져 죽고 말았습니다. 불에 타죽으나 물에 빠져 죽으나 결과는 변하지 않았습니다. 근본을 바로잡지 않고서는 이런 악순환을 끊지 못합니다.

우리가 사는 사회도 마찬가지입니다. 근본을 바로잡을 생각 없이 괜찮다고 위로만 하며 계속 살라고 합니다. 그러니 문득 뒤돌아봤을 때, 박탈감이 생기는 것입니다. 그게 괜찮은 삶일까요? 양극화 문제를 해결하기 위해서는 근본적인 문제를 치유해야 합니다. 그러지 않고서는 문제가 계속 옮겨다닙니다. 그럼 무엇을 바꿔야 할까요? 우리의 근본이 심각하게 잘못되었습니다. 세계관과 가치관의 문제입니다. 실체론적, 이원론적 세계관을 갖다보니 나만 따로, 우리끼리만 따로 사는 길이 있다고 믿게 됩니다. 단언컨대, 우리는 관계론적 세계관과 존재가치를 중심으로 삶을 살아야 합니다. 존재가치에 눈을 뜨면 근본적인 문제를 고칠 수 있습니다. 주체적이고 자립적이며 개성 있는 단순소박한 삶을 모색해야 합니다. 그러면 미래에 대한 불안도 사라지고, 소유욕으로부터도 자유로워질 수 있습니다.

그래도 이 세상을 살아가기 위해서는 돈이 필요할 수밖에 없습니다. 결혼을 미루고 아이 낳기를 꺼려하고. 그 돈을 번다는 것 자체가 고역입니다. 집을 구하고, 결혼도 하고, 아이도 낳고…… 그게 삶에 대한 최소한의 예의라고 생각합니다. 그런데 요즘 최소한의 삶조차 누리지 못하고 있는 것 같습니다.

사는 게 힘들다고 그러면 저는 출가를 하라고 합니다. 하지만 누구도 쉽게 출가를 선택하지 않습니다. 사실 지금은 부족하니까, 아무것도 없으니까 이것을 저것을 미룬다는 것은 핑계에 불과합니다. 소유하는 것이 부족해도 잘 사는 사람이 얼마든지 있습니다. 내려놓으면 활로가 활짝 열리는 진리를 전혀 모르는 것에 문제가 있습니다.

어느 한 시대도 경제타령을 하지 않은 때가 없었습니다. 경제는 계속 성장했다고 하는데, 그럴수록 경제타령은 커지기만 합니다. 경제가 희망이라고 진보도 보수도 자본가도 노동자도 도시도 농촌도 한목소리입니다. 그러나 경제가 성장하면 할수록 경제타령이 커지고 있다면, 경제로 해답이 나올 수 없다는 것을 증명하고 있는 것 아닙니까. 개인의 문제도 마찬가지입니다. 그럼 어디에서 길을 잃은 것일까요. 세계관과 삶의 방식을 새롭게 확립해야 합니다. 소유가치가 아니라 존재가치를 중심에 놓아야 합니다. 그리고 상대 비교에 지배받지 않을 수 있는 주체적이고 개성 있고 창조적인 길을 모색해야 합니다.

물론 이 사회를 살아가는 데 돈이 필요합니다. 최소한의 삶을 위해서 노력을 하는데, 그게 되지 않으니 삶이 버거울 수도 있습니다. 요즘 세상이 돌아가는 것을 보면 마음이 아픕니다. 돈 앞에 양심도 개성도 신의도 자존심도 품위도 모두 무너지고 있습니다. 돈의 노예로 살고 있는 것입니다. 생명의 가치, 인간의 존엄성이 함부로 취급되어도 될 만큼, 돈이 가치가 있는 것일까요? 부자와 일등이 행복하게 보이는 것은 우리들의 맹목적 소유욕이 만들어낸 환상일 뿐입니다. 이 환상을 깨야 합니다. 그래야 삶이 힘들지 않습니다. 그래야 활로가 열립니다.

청년실업 문제가 심각한 사회문제로 떠오른 지 꽤 오랜 시간이 흘렀습니다. 이런 문제가 오래 되다보니, 문제를 심각하게 받아들이려고 하지 않는 것 같습니다. 그 시간이 청춘을 성숙하게 만들 것이라는 말만 되풀이합니다. 그런데 진짜 문제는 꿈인 것 같습니다. 정말 하고 싶은 일과 현실 사이에서 방황하는 청년들이 많습니다. 꿈을 이루고자 하면 가난하고, 현실의 기대에 부응하자니 경쟁에 치여야 하고…… 답답하기만 합니다.

세상에 이익이 되고 나에게도 좋다면 그 길을 가는 게 맞지 않습니까? 저는 중이 되지 않았으면 농부가 되었을 것이라는 생각을 합니다. 그게 제일 좋은 것 같습니다. 꿈이 좋다면 그 길을 가는 게 옳습니다. 저는 신문과 방송에서 뭐라고 떠들건, 다른 사람들이 뭐라고 하건 신경 쓰지 말라고 조언하고 싶습니다. 성공으로 가는 과정이 인간적이고 양심적으로 떳떳한 길인가 곰곰이 생각해보았으면 합니다. 저는 젊은이들이 주체적으로 자신의 길을 바라봤으면 좋겠습니다. 조금 불편하게 살더라도 인간적으로 살겠다는 마음만 먹으면 길은 많습니다. 포장도로만 가겠다는 생각을 버리고 비포장도로로도 가겠다는 마음을 굳게 먹어야 합니다. 우리가 모르고 있을 뿐 길은 어디에나 널려 있습니다.

붓다는 삶에 대해 가르침을 펼쳤습니다. "인생이란 무엇인가?" "어떻게 살아야 하는가?" 이게 화두입니다. 붓다는 이 화두에 대해 이렇게 대답했습니다. "인생이란 나에게 주어진 도깨비방망이나 여의주와 같다." 언제나 주체적으로 사고하고 행동하면 그대로 그 삶이 창조된다는 뜻입니다. 길은 밖의 소리가 아니고 자기 소리를 따르라는 말이 있습니다. 자기 안의 소리를 따라 당당하게 살아가야 인생이 참되고 아름다워지고 행복해집니다.

비우고 내려놓으려고 노력할수록 불안하고 아픕니다. 이 아픔을 어찌 감당해야 할까요?

아픔 없는 인생은 없습니다. 자기 안의 지옥 같은 상처 또한 껴안아야 합니다. 꽃잎이 떨어지지 않고 열매를 맺을 수는 없습니다. 씨앗이 썩는 아픔에 의해서만 새싹은 움트고 자라납니다. 아픔이 없는 인생을 바라는 건 환상을 쫓는 것입니다. 환상에 중독되다 보니, 따뜻한 위로만 찾으려고 합니다. 상처는 누군가 호호 불어준다고 해서 고쳐지지 않습니다. 상처는 눈으로 보고 손으로 만져야 고칠 수 있습니다. 우리의 삶이 만들어질 때부터 아픔은 존재했습니다. 아픈 것은 당연한 일입니다. 아픔 없이 참된 가치, 새로운 가치는 창조되지 않습니다. 진정 아픔을 치유하려면 그보다 더한 아픔을 감내할 결심을 해야 합니다. 아픔을 감내할 각오를 하면 길은 바로 보입니다.

40대 중반을 넘어선 중년들도 청년 못지않은 불안감을 안고 살아가고 있습니다. 아침 저녁 지하철이나 버스를 타면 이 무기력한 가장들이 의자에 앉아 졸고 있습니다. 무기력하고 때로는 우울하게 중년을 견디고 있습니다. 잘나가는 기업체의 사장도 우울하고, 말단 과장도 우울하고, 일용직 노동자도 우울합니다. 왜 이토록 살아가는 게 쉽게 울컥했다가 쉽게 허무하고 그러는 것일까요?

인생은 원래 허무합니다. 사람마다 차이가 있겠지만, 그 정도의 나이가 되면 누구나 인생이 허무하다는 것을 깨닫게 됩니다. 그 허무함을 몇 십 년을 더 견뎌야 한다고 생각하면 끔찍하기도 합니다. 존재가치를 중심으로 자기완성을 모색하고 사회적으로 가치 있는 삶을 가꾸기보다는 소유가치를 중심으로 업적을 위해, 성과를 위해 살아왔기 때문에, 인생이 허무하다는 것을 깨달을 때 오는 고통이 더 큰 법입니다. 주체적으로 자기 소리를 따라 살아야 하는

데 자기 밖에서 요구하는 소리를 따라 살아왔기 때문에 허무의 심연이 더 큰 것입니다. 답은 하나입니다. 늦었지만 지금부터라도 업적을 남기려는 욕심, 성과를 내려는 욕심을 당장 내려놓고 인간적인 자기 소리를 따라 살아야 합니다. 이기적이고 감각적인 편안함, 즐거움이 아니고 인간적으로 사회적으로 의미 있는 삶을 모색하는 것이 해답이라고 봅니다.

행복하고 싶습니다. 책 속에서, 일상에서 좋은 가르침을 얻을 때마다 위안을 받습니다. 행복해지려고 노력합니다. 그런데 금방 다시 팍팍한 현실의 문 앞에 무릎을 꿇어버립니다. 아침에 일어나 행복하다가도 저녁이 되면 불쑥 불행하다고 느껴집니다. 행복은 어디서 찾아야 할까요?

행복을 멀리서 찾아야 한다는 것은 무지와 착각입니다. 세상에서 가장 귀한 존재, 가장 가치 있는 존재는 누구일까요? 바로 지금의 나 자신입니다. 우리는 자주 그 사실을 잊고 살아갑니다. 자신을 그저 불완전한 문제덩어리라고만 생각합니다. 우주와도 바꿀 수 없는 위대하고 가치 있고 완전하고 고귀한 존재가 자기 자신입니다. '나'만 그런 게 아니고 '너'도 고귀한 존재입니다. 무엇을 소유했냐는 것과는 관계없이 존재 자체가 우주적 가치의 존재입니다. 엄연한 인생의 실상을 직시하고 자각하고 확신해봤으면 합니다. 존재하는 자체로 충분히 만족하고 자부심을 갖게 합니다.

　무지하고 착각하는 사람들은 이 말을 새겨들어야 합니다. '천상천하 유아독존(天上天下 唯我獨尊)' '삼계개고 아당안지(三界皆苦 我當安之)', 딱 이 두 마디입니다. '천상천하 유아독존'은 세상에 나의 존재가치보다 더 귀한 건 없다는 뜻입니다. '삼계개고 아당안지'는 온 세상 생명들이 고통에 시달리고 있으니 내가 최선을 다해 그들을 고통에서 벗어나도록 하겠다는 뜻입니다. 죽을 힘을 다해 이 길을 가야 합니다. 그곳에 희망이 있습니다.

　　　　　　스님께서는 어떤 일이 가장 기쁘고, 어떤 일에 가장 슬픔을 느끼시나요?

　저에게 슬픔은 수만 가지입니다. 일일이 말할 수조차 없습니다.

허나 기쁨이 무엇인지 잘 모르겠습니다. 기쁨에 관심도 없습니다. 그저 편안하고 홀가분하면 만족합니다. 우리는 기쁨과 행복에 대해 너무 환상들을 가지고 있습니다. 저는 그것 때문에 더 불행하다고 생각합니다. 저는 그저 특별한 이야기가 없는 사람입니다. 주체적으로 떳떳할 수 있다면 된다고 봅니다. 나 혼자만이 아니라 더불어 함께 의지하고 서로 도우며 살면 충분하다고 생각합니다.

인간이라면 누구나 욕망이 있습니다. 식욕, 성욕, 소유욕, 명예욕…… 그런데 과연 이 욕망을 무조건 자제한다고 해서 모든 문제가 해결될 수 있을까요?

생존욕구와 이기적 욕구는 다릅니다. 생존욕구는 선악으로 가치 규정을 하면 안 됩니다. 짐승 세계의 약육강식을 비판할 수는 없습니다. 곰곰이 생각하면, 호랑이가 토끼를 잡아서 쌓아두고 살지는 않습니다. 생존 문제를 해결하는 순간, 짐승은 그걸로 만족합니다. 배부르면 사냥도 하지 않습니다. 반면 인간의 이기적 욕구는 배가 불러도 제 먹을 것을 더 쌓아둡니다. 이기적 욕구는 끝이 없습니다.

서로 빼앗으려고 하고, 서로 상처만 입히게 됩니다. 인간의 생명 욕구는 끊임없이 창조적으로 승화시켜야 합니다. 마치 인간적 모성애를 인류의 모성애로 승화시킨 관세음보살처럼, 그 길을 가는 것이 가장 바람직합니다.

성폭행 문제가 심각한 사회문제로 떠올랐습니다. 아동성폭행에 대한 기사를 신문이나 뉴스에서 자주 볼 수가 있습니다. 무서운 세상이라 밖에 나가기조차 두렵습니다. 인간이 원래 그러한 존재인가요? 그리고 성소수자에 대한 생각은 어떠신지 궁금합니다.

성욕은 생존욕구이며 생명력입니다. 생명력과 생존욕구가 폭력적으로 나타나는 것은 무엇인가 건강하지 못하기 때문입니다. 생명력과 생존욕구가 불합리하게 억압되거나 왜곡되기 때문에 폭력적으로 나타난다고 볼 수 있습니다. 만일 그렇다면 그것은 범죄 규정을 하기보다는 병리현상으로 보아야 된다고 생각합니다. 병리현상이라면 인간적 사회적 관심과 애정으로 치유되고 승화되어야 마땅합니다.

저는 연애를 해본 적이 없습니다. 그래서인지 가끔 사람들이 인간적이지 못하다고 타박을 하기도 합니다. 연애감정은 없지만, 여자는 무조건 좋습니다. 경전에 남자에게 향기로운 존재는 여자라는 말이 있습니다. 물론 여자에게도 향기로운 존재는 남자입니다. 이건 사실인식입니다. 그리고 남자가 여자에게, 여자가 남자에게 향기로운 존재이듯, 성소수자가 우리 현실에 존재한다면 그 존재의 개성과 존재가치도 인정하고 존중하는 게 옳다고 생각합니다. 다양한 존재의 개성이 존중되고 배려될 때 삶이 성숙되고 병리현상인 성폭력 문제도 해결할 수 있습니다.

탁발순례를 하기 위해서는 체력이 정말 중요할 텐데, 스님은 참 건강해 보이십니다. 스님은 건강을 위해 어떤 운동을 주로 하시나요?

저는 요즘 젊은이들이 나약한 이유가 온 몸을 써서 걷지 않기 때문이라고 생각합니다. 좋은 학벌, 자격증, 대기업…… 이런 것만 쫓아가려고 애를 씁니다. 인생을 살아가는 데 절실하게 중요한 것은 근성입니다. 근성은 현장에서 부딪치고 깨지면서 만들어집니다. 요즘 젊은이들은 근성이 없습니다. 몸이 약하니 마음도 약합니다. 마음이 약하니 몸도 약해집니다.

저는 주로 걷습니다. 온 몸을 써가며 걷습니다. 땀을 흘립니다. 여러분도 출퇴근할 때 30분만 걸어다니는 습관을 길러보는 것은 어떨까요? 정신도 건강해지고 몸도 건강해집니다. 그러면 올바른 가치판단을 하게 되고 일의 능률도 오르게 됩니다. 근성이 있다면 세상에 무서울 것이 없습니다. 길이 없다고 아우성인데, 근성이 탄탄하면 스스로 길을 개척하고 나아갑니다. 그래야 삶이 멋지다고 할 수 있지 않을까요?

대도시에서 살아간다는 게 가끔은 버겁습니다. 아이들 교육을 위해서라면 대도시가 좋은 것 같기는 한데, 대도시에서 살아가는 아이들이 무엇인가 잘못되어가고 있다는 생각을 하기도 합니다. 학원과 학교를 오가는 아이들을 보면 안쓰럽기도 한데 학교에서 뒤처질까봐 인생을 망칠까봐 그저 바라볼 수밖언젠가 서울 시민들에게 편지를 썼습니다. 아이들의 미래를 위한다면, 아이들을 사랑한다면 서울을 떠나라고 썼습니다. 한강을 사랑한다면 한강을 떠나야 한다고 했습니다. 우리 시대 최고의 선이 서울을 떠나는 일일지도 모른다고 했습니다. 그리고 실상이 어떤지를 따져보라고 그 실상의 일면을 설명했습니다. 많은 서울 사람들은 생명의 안전과 건강, 1등과 부자라는 두 마리 토끼를 잡으면 된다고 생각하지만, 그것은 말과 생각으로 지어낸 것일 뿐 실제로는 현실이 될 수 없습니다. 아파트의 독성, 자동차의 매연, 쏟아져 나오는 생활쓰레기들이 시민들과 아이들의 생명과 미래를 죽음으로 몰아가고 있습니다. 사람들이 희망하는 부자와 일등 타령이 아이들의 건강한 기쁨과 자유를 빼앗고 있습니다.

서울에서는 도처에서 끊임없이 삶의 질을 높이고자 부드러움, 멋있음, 아름다움을 실현하기 위해 돈을 물 쓰듯이 쏟아붓고 있지만 어디에서도 시원함, 자연스러움, 여유로움을 찾아볼 수 없습니다. 물론 나누어서 부분적으로 보면 아름답다고 할 수 있는 것들이 없지 않습니다. 하지만 서로서로 잘 어울리는지의 관점에서 보면 서울에서 아름답다고 할 수 있는 경우를 만나기 쉽지 않습니다. 인간만이 아니라 자연과 어울리는 곳, 내 집만이 아니라 이웃집과 어울리는 집, 나만이 아니라 너와 어울리는 삶이 없이 어울리는 아름다움은 가꾸어지지 않습니다.

저는 지리산을 중심으로 여러 가지 대안적인 문화를 틔워내려는 시도를 했습니다. 이는 귀중한 자산이 되어 돌아오고 있습니다. 또한 불교사상과 정신으로 이 시대에 대한 대안을 마련하는 데 중요한 실험을 했습니다. 사실 우리나라는 서울에서 생기는 일이 아니면 쳐다보지도 않습니다. 그래서 서울 아닌 다른 곳에서 뭔가 중요한 일들이 만들어지고, 그것이 많은 사람들의 관심을 받도록 하는 것이 중요한 자극이 됩니다. 그 자체가 사회적으로 매우 중요한 역할을 하는 것입니다.

지리산은 서울에 맞먹을 만한 상징성과 가치가 있습니다. 역사적이고 생태적인 가치뿐만 아니라 지역, 농촌이라는 공간적 가치도 중요합니다. 생명이라는 관점에서 보면 지리산이라는 상징성은 더더욱 중요할 수밖에 없습니다. 생명가치를 중심으로 놓고 보면 서울은 죽임의 본성을 생산해내는 악마의 공간입니다. 당연히 현대인들이 갖고 있는 사고방식이나 역할들은 반생명적이고 비인간적입니다. 생명가치를 중심 화두로 놓고 보면 지리산은 생명살림 평화살림의 대안문명을 가꾸는 성지입니다. 현대인들은 농자천하지대본(農者天下之大本)이라고 하는 전통적인 가치조차 자본논리로 보고 판단하고 있습니다. 이 얼마나 미련한 일인가요?

정치인들의 이야기를 들어보면 틀린 말을 하는 사람이 없습니다. 그런데 우리가 희망을 걸었던 사람들이 시장이 되고, 국회의원이 되고, 대통령이 되어도 약속을 지키지 않습니다. 이 사회가 가진 문제들의 대부분이 그들 때문에 생기고 있다는 생각이 듭니다.

삶은 아무도 대신 살아주지 않습니다. 아주 엄정합니다. 국가가 나서서, 정치인들이 나서서 말로는 다 해준다고 합니다. 우리는 거기에 희망을 걸고 기대를 합니다. 그러나 거기에 희망은 없습니다. 아무도 내 인생을 대신 살아주지 않습니다. 물론 사회적 약자를 돕는 장치는 있어야 합니다. 그러나 먼저 자신의 인생은 스스로 책임져야 한다는 것을 알아야 합니다. 자신의 삶을 주체적으로 다뤄야 합니다. 희망의 당은 각자의 현장입니다. 희망의 주체는 바로 자신입니다. 현장에서 주체적으로 희망을 만들어내야 합니다. 그럴 때 진정 희망이 현실로 실현됩니다.

　　　　　　　　　　내 삶의 가치를 바꾸고 싶다 해도 주변의 환경이 가만히 내버려두지 않습니다. 여기저기에서 유혹을 하고 있는 것 같습니다. 실상이 이런데, 삶의 혁명을 제대로 진행할 수 있을까요?

　삶의 혁명, '나'로부터 시작해야 합니다. 자기 자신부터 시작해야 합니다. 너부터 하라고 시키지 말고 자신부터 시작해야 합니다. 내 삶의 주체는 나 자신입니다. 하나님도 부처님도 아닙니다. 스스로 삶을 평화롭게 살지 않으면서 그 누구에게 손가락질할 수 있을까요?

　지금 우리 사는 세상에 평화롭게 살자고 하는 사람은 많습니다. 행복하게 살자고 하는 사람도 많습니다. 생명을 소중하게 생각해야 한다고 말하는 사람도 많습니다. 그런데 왜 그런 삶은 보이지 않을까요. 사람들이 주체적이지 않습니다. 주체적이지 않고 관념적으로 살고 있기 때문입니다. 삶의 주체는 자기 자신이니, 어떤 이론도 일단 자기에게 적용해야 합니다. 지금 당장, 시작해야 합니다. 그렇게 할 때 삶의 혁명이 현실화됩니다.

직장을 얻기 전에는 당연히 늘 부족했습니다. 부모님 눈치를 보면서 용돈을 받고 간간이 아르바이트를 하면서 살았습니다. 학자금 대출이자에, 생활비에 쪼들리며 살았습니다. 그런데 직장을 얻고 나서도 늘 결핍에 시달립니다.

절대적 빈곤보다 상대비교에 의한 상대적 빈곤에 시달리는 결과입니다. 소유가치를 중심에 놓고 살 수밖에 없는 우리 사회의 고질병이기도 합니다. 문제가 반복되고 재생산되고 있는 악순환의 고리를 끊어야 합니다. 주체적으로 상대적 소외감과 박탈감에 빠지지 않을 수 있는 삶의 철학을 확립해야 합니다. 개성 있는 삶을 모색하는 것이 기본적으로 중요합니다.

자기중심의 소유욕과 감각적 행복을 쫓는 어리석음에서 빠져나와야 합니다. 자연과 어울리고 이웃과 어울리고 상대와 어울리는 단순소박한 삶이 최고의 삶임을 확신하는 철학이 있어야 합니다. 이기적 욕망과 감각적 쾌락을 통해 행복에 도달하려고 한다면 끝내 도달할 수 없음을 깨달아야 합니다. 주체적이고 자립적이고 개성 있는 삶, 21세기의 대안이요 희망인 단순소박한 삶을 살아가는 연습을 해야 합니다.

저는 부자가 되고 싶지 않습니다. 1등이 되고 싶은 욕심도 없습니다. 경쟁을 하기도 싫습니다. 그러다보니 요즘 세상에서 밀려나고 있는 기분입니다.

밀려나고 있다는 기분이 드는 것은 철학의 빈곤 때문입니다. 주체적이고 자립적인 삶의 철학과 방식을 확립하지 않는 한 세상은 여전히 그럴 것입니다. 정치인이든, 지식인이든, 종교인이든 지성이 빈곤합니다. 지성이 궁핍한 세상에서 살고 있으니, 소박한 삶을 사는 사람만 피해를 본다고 생각하게 됩니다. 늘 상대와 나를 비교하게 되고, 거기서 낙오하게 될까봐 오는 불안과 공포에 시달리게 됩니다. 우리 사회의 문제는 돈 문제가 아닙니다. 주체적이고 자립적인 삶의 철학이 없는 게 문제입니다. 그래서 생명평화의 세계관과 삶의 철학을 확대하는 삶의 혁명이 필요한 것입니다.

방황으로 넘어지기 직전의 젊은 세대에게 권하고 싶은 책이 있다면 무엇인가요?

『간디 평전』을 읽기를 권합니다. 개인적으로 간디에게 많은 것을 배웠고, 배우고 있습니다. 간디는 인도 독립이 단순하게 인도를 위해서만이 아니라, 인도 독립은 인류문명의 등불이 되어야 한다고 주장합니다. 인도 독립이 자신만을 위한 것이라면 우리 욕심이나 채우는 것에 지나지 않으므로, 인도의 독립이 병든 인류 문명의 등불로서 의미를 가져야 한다는 논리입니다. 그리고 그렇게 되기 위해서는 비폭력 원칙을 지켜서 독립해야 한다고 말합니다. 진리와 사랑의 행위인 비폭력 행동으로 독립이 이루어져야 인도 스스로의 등불, 스스로의 희망이 되고, 인류 문명의 희망도 될 수 있다고 설파합니다. 불살생의 전통과 문화를 재해석해서 자기완성과 사회완성이 통일적으로 이루어지도록 인도하는 길을 제시한 것입니다.

간디가 유일하게 자신의 제자라고 인정한 비노바 바베라는 사회개혁가가 있습니다. 비노바 바베가 간디를 만나게 된 것도 같은 이유에서입니다. 비노바 바베는 개인적인 자기욕구, 자기완성과 사회적 욕구, 사회적 완성을 함께 통일적으로 다루는 스승을 찾았습니다. 훌륭하다는 분을 찾아가보면 대부분 자기완성에만 초점을 맞추거나 사회완성에만 초점을 맞추고 있었습니다. 비노바 바베는 이 두 가지, 자기완성과 사회완성을 동시에 실현하고 있는 인물이 간디라고 생각합니다. 그래서 일생을 간디와 함께합니다.

간디를 통해 저는 자기의 완성과 사회의 완성이 따로 존재할 수 없다는 것을 배웁니다. 그리고 비폭력 원칙으로 인도 민족의 독립을 이뤄낸 간디를 통해, 지금 당장 편을 갈라 싸우고 서로의 자리를 빼앗는 게 아니라 누구나 함께 해야 할 보편적 이상과 가치를 실현하는 데 전력을 다해야 한다는 것을 깨닫습니다. 이게 우리 모두가 승리하는 길입니다. 우리 모두가 행복해지는 희망의 길입니다.

도법 스님의 삶의 혁명

지금 당장,

초판 1쇄 인쇄 2013년 1월 30일
초판 2쇄 발행 2013년 2월 12일

지은이 도법
펴낸이 김선식

Chief editing creator 김현정
Editing creator 백상웅
Design creator 박효영
Marketing creator 이주화

2nd Creative Story Dept. 김현정, 박여영, 유희성, 백상웅
Creative Design Team. 박효영, 조혜상, 이나정, 손은숙
Creative Marketing Dept. 이주화, 원종필, 백미숙
　　　　　Communication Team 서선행
　　　　　Online Team 김선준, 박혜원, 전아름
　　　　　Contents Rights Team 김미영
Creative Management Dept. 김성자, 송현주, 권송이, 윤이경, 김민아, 한선미

펴낸곳 다산북스
주소 경기도 파주시 문발동 파주출판도시 529-2번지
전화 02-702-1724(기획편집) 02-6217-1726(마케팅) 02-704-1724(경영지원)
팩스 02-703-2219
이메일 dasanbooks@hanmail.net
홈페이지 www.dasanbooks.com
출판등록 2005년 12월 23일 제313-2005-00277호

종이 월드페이퍼(주)
인쇄·제본 스크린그래픽센타

ISBN 978-89-6370-940-6 (03810)